个体的高音与人类和群山的合唱

——吉狄马加诗歌及跨界创作作品研讨会文集

主编　杨廷成　张志刚

青海出版传媒集团
青海人民出版社

图书在版编目（CIP）数据

个体的高音与人类和群山的合唱 ：吉狄马加诗歌及
跨界创作作品研讨会文集 / 杨廷成，张志刚主编.
西宁 ：青海人民出版社，2025. 5. -- ISBN 978-7-225
-06890-9

Ⅰ. Ⅰ207.22-53

中国国家版本馆CIP数据核字第2025RU5010号

个体的高音与人类和群山的合唱

——吉狄马加诗歌及跨界创作作品研讨会文集

杨廷成　张志刚　主编

出 版 人　樊原成

出版发行　青海人民出版社有限责任公司

西宁市五四西路 71 号　邮政编码 : 810023　电话 : （0971）6143426（总编室）

发行热线　（0971）6143516/6137730

网　　址　http://www.qhrmcbs.com

印　　刷　青海新宏铭印业有限公司

经　　销　新华书店

开　　本　720mm × 1020mm　1/16

印　　张　15

字　　数　150 千

版　　次　2025 年 5 月第 1 版　2025 年 5 月第 1 次印刷

书　　号　ISBN 978-7-225-06890-9

定　　价　78.00 元

镜与灯，或光的见证（代序）

唐晓渡

诸位即将开读的，是一本只需晃一眼目录即可留下深刻印象的评论集。如果同时还会唤起某种代入式的自豪感，那也毫不奇怪——毕竟，作为一个当世诗人，马加兄能得到这么多国外同道的集中关注和高度评价（来自不同国度、不同语种的论文逾百篇，作者三十余人，均为诗人、翻译家，且多有成就声名卓著者），不仅是他个人的莫大荣光，也是当代诗歌的荣光。

然而，更能触动我的并不是这些，而是它在我记忆深处唤起的"镜与灯"这一对意象。在我的个人阅读史中，最早将这对意象并立孤悬的是美国文艺理论家 M.H. 艾布拉姆斯那本著名的同题论集。但这里说的却不是要像他那样，静态地借此喻指批评中的浪漫主义或其他什么主义的特征，而是意在取其动态的相互投射，喻指心灵和心灵之间那种活泼泼的当下交流。这里不存在作者和读者的判然分野，也无须拘泥谁是镜，谁是灯的辨析。或者说，这里每一个人都兼为读者和作者，同时既是镜，又是灯。据此拉开再看，它就不再仅仅是一本论集，同时还是一道人文景观，甚至某种奇观：一个咫尺天涯间能量汹涌的全球化场域，一片光源和映照混而不分、澄澈而又斑斓的光阵。

　　既称"奇观"，必定罕见，其间必有风云际会的因缘。我知道这样的因缘很容易被一些朋友或解作"走向世界"的酬劳，或解作"现代性"无远弗届的垂青，但对我来说，此类观点充其量只是指陈了国际交流不可或缺的历史语境，却未能触及令此种因缘之所以得以达成的根本枢机，即吉狄马加据何引动了国外同道如此规模的集中关注和高度评价？

　　当然，身份！并且是多重的杰出身份：一个对故土同胞累世的生存和文化方式，尤其是传承精要一往情深，自觉地为其代言，以守护、拓展其古老命运的少数民族诗人；一个独树一帜而又携其特质为当代汉语诗歌不断注入新鲜血液和活力元素，令其在多元化格局下加速度生长的骨骼更硬朗、肌质更丰满的中国诗人；一个官至高位的诗歌社会活动家；一个无论阅读和写作都具有广阔的全球视野，孜孜于不同文明间的彼此对话和汲取，倡导平等友爱和平的世界公民……所有这些都没错，但即便把它们加在一起，似也不足以说明问题。诗歌交流场域从来就不是一块"身份政治"的飞地，这里真正有说服力的，只能是由作品塑造的诗人"真身"；而吉狄马加的"真身"，或他的终极身份，在我心目中乃是一个"本源性诗人"。在我看来，这才是造成上述"奇观"的魅力渊薮。

　　可以把"本源性诗人"简单定义为大质量的为诗代言者。他如同蚕要吐丝、花要开放那样，本能地依据诗"与天地并生"（刘勰语）的初心从虚无和沉默中发声，出入并贯通海德格尔所谓的天、地、人、神，从而使万物的心思有所表达和寄托；他视据此营造、守护人类共同的精神家园为天职，从而使诗成为人类文明发展不可或缺的维度。典型的"本源性诗人"有：但丁、聂鲁达、惠特曼、桑戈尔、奥·帕斯；屈原、李白、杜甫、苏东坡、昌耀，等等。这也是为什么读吉狄马加的诗，会令人不由频频想到他们的缘故。

不过，类型的近似永远不能取代写作的个性，如同无从解释作品的具体成因一样。就此而言，诗人的历史／现实境遇与其初心的相互作用，特别是二者的矛盾冲突，往往是更具决定性的动机。吉狄马加在《一种声音》中的"夫子自道"，确实有理由让立陶宛诗人托马斯·温茨洛瓦感到心动：

> 我写诗，是因为我的忧虑超过了我的欢乐。
> 我写诗，是因为我无法解释自己。
> 我写诗，是因为我想分清什么是善，什么又是恶。
> 我写诗，是因为有人对彝族的红黄黑三种颜色并不理解。

> 对人的命运的关注，哪怕是对一个小小的部落作深刻的理解，它也是会有人类性的。我对此深信不疑。

温茨洛瓦之所以被打动，是因为这几句话所应答的，不是西方传统中更为推重的"如何写诗"，而是每每被忽略的"为何写诗"（在艾略特所谓"统一的欧洲文化"背景下，这不难解），由此同时深化了他对"捍卫弱小的民族及其语言、传统和自我认同感"之于当今世界的紧迫性意识，以及相信"掌握了几种不同的语言，我们便能从几个不同的角度打量宇宙，最终造就一个多维而非扁平的、因而也就更为丰满、更加等值的宇宙形象"的前瞻认知。而他之所以将吉狄马加"我写诗，是因为在现代文明和古老传统的反差中，我们灵魂中的阵痛是任何一个所谓文明人永远无法体会得到的"这段话从上下文中摘出单论，显然不只是为了更切身地强调全球化语境中小民族、小语种的诗歌写作从未摆脱的危机命运；换个角度，就成了有关一个"本源性诗人"如何立足其灵魂的阵痛，化现代文明和古老传统的巨大反差为双向汲取，以不断突破自身局限，超越历史时空的辩证，而普遍意义，或普世价值自在其中。他在阅读中发现的世界范围内不同经典诗人在吉狄马加的诗中留下的踪迹，他据以共同的背景看到的彝族神话和立陶宛神话的某种相通之处，他在比较身边及苏联范围内的诸多诗人，尤其是同代诗人与吉狄马加时感受到的双方在主题、风格和诗学方面的近似性，包括他做进一步个案比较研究的倡言，于此均可视为来自不同层面的支持证据。

　　远不只是温茨洛瓦，事实上论集中的大多论者都从各自的角度提供了这样的支持。有趣的是，尽管所属国家、语种、现实际遇或背后传统的差异在这里毫不构成障碍，但意识到的某种普遍缺失，却往往成为进入的切口。法国诗人雅克·达拉斯在他的文章中劈头宣布"吉狄马加，不仅仅是作为一位彝族诗人，代表着他的民族，更是作为一位行动诗人"，就是有感于当今欧美"诗人们不再投身于行动"这一巨大缺憾。在达拉斯看来，"历史上，诗人一直是拥有语言魅力的行动者，因为社会的或政治的行动，并不与词语的诗性妙用相悖逆"。这方面的鼎盛时期可以追溯到十九世纪，"那时，诗人们感到应该创造历史，在历史中行动，并且留名青史"，其标志人物是雨果和惠特曼。此后，尽管也曾有过二战中法国一系列"抵抗运动"诗人敢于捍卫"诗人的荣耀"，但相对于江河日下的总趋势，却更像是某种例外。"诗歌行动或者走进一个非理性的荒诞怪圈，或者连诗人自己都否认介入社会的主观愿望，甚至退入'象牙塔'"。"对政治的冷漠，几乎成了一种必然"。由此达拉斯认定吉狄马加是19世纪那些伟大的革命诗人的继承者，他们在社会中担任着重要的政治职务，同时用一种直接、朴素而又富于激情的诗歌语言来言说。这一断语在逻辑上或许有点过于简单粗暴，还有点刻意误读的味道（他应该知道中国较之欧洲有着远为深远的"以诗致仕"传统，其在当代的延伸也更为复杂纠结），却也自有诗歌社会学意义上的独到之处。他说"副省长可不是一件轻松的差事"时并无任何调侃之意，而是如他说"十几亿男女的行为无法临时安排"一样，内含着一个对他"特别有利的观察点"。从这里看过去，他不仅确证了吉狄马加诗歌的语言基础完全忠实于他与他的土地，他的民族及其文化的深刻关系，而且发现了其中与世界公认的中国经济强势突进相一致的某种"奇异的民族自豪感"。而后一点对国内论者来说基本还是盲区。

　　不同于温茨洛瓦的温雅谨严或达拉斯渗透着政治眼光的雄辩滔滔，委内瑞拉作家、翻译家何塞·格雷罗的文章更像是一篇抒情汁液饱满的散文，然而这同样没有妨碍他表达他的缺失感。在逐一描述了吉狄马加的诗歌世界向他呈现的种种迷人之处——他的家乡，他的人群，他的个人生活，包括他对世界范围内重大时代主题的情感与思考——之后，作者在想象中登上了此刻已不再生疏的大凉山，找一个山坡躺下，开始倾听自己西班牙的、印第安的、非洲的不同种族祖先的声音，进而悉心感受他们与吉狄马加的祖先之间似乎通过一条地下秘密网络进行的无声交流。就在此时，某种混合着怀念和惊喜的缺失感却猛然来袭，他感到整个拉丁美洲，抑或是整个西方世界，人们一直在等待着一位诗人，一位久违的诗人，他会"歌唱心爱的女人的身躯，赞美爱的欢乐，感叹爱的痛苦，同时使人感受到死神严肃地降临，寻求美酒的友谊和人类高尚、永恒的结盟"，而他现在终于等到了，那就是吉狄马加。然而，仅凭这一点就得出"可以把吉狄马加看作拉丁美洲诗人，更确切地说，全人类的诗人"这一结论，其理由似乎还有所欠缺，即便加上他想到的萨洛蒙、阿那克里翁、卡图卢斯、法国中世纪的行吟诗人和自由女性，甚至龙萨和聂鲁达也仍然如此；格雷罗之所以这样说，还由于他在吉狄马加身上看到了自认彼此共有的一种情结，那是因为使用"一种与他们的心灵和习惯不相适应的语言"所激发的情结，身处边缘的情结，据此诞生了他所谓"更亲密的接近"。且不论这里是否同样存在对吉狄马加的某种简化和误读，关键是他接下来如何深化自己的观点。这里的重心不在于拉美因被欧洲不同的国家和语族殖民，再加上土著的坚执，致使语言版图极为混乱的基本经验，不在于这种经验"由于种族与文化交融而得到了加强，因而渐渐形成了一种新的情感"，并令拉美诗人"不得不学习欧洲的语言，以表现自己与欧洲如此不同的情感"，同样不在于"方言的形成可能是一条出路"的假设方案，而在于文末用以结穴的那句"有一种心灵的神圣语言，它在任何历史语言中都找不到表达"。

此语大妙！妙就妙在它不但道出了"本源性诗人"真正的扎根所在，同时也揭示了诗歌交流的悖谬所在。盖因这种"在任何历史语言中都找不到表达"的"心灵的神圣语言"，在交流（包括自我交流）

中却又不得不借助某一种历史语言来表达。正是这一悖谬使诗歌写作成为"不可言说的言说"，使诗歌翻译倍之，又在多个层面上，意外刷新了"得意忘言""得鱼忘筌"这一曾被认为已遭现代解诗学摒弃的传统诗学主张。其实"意"也好，"鱼"也罢，于此所指陈的，无非是种种表象和言筌遮断下人类心灵古老而年轻、生生不息的普遍联系。我之所以从缺失入手，选取论集中各具代表性的三位作者的观点详加评说，也是为了突显这种割不断的联系。这种至深至广的关联作为潜在现实不可能打眼，却毫不影响它的牢固强韧，以致形形色色的现实刀锋，无论是历来的地缘政治和文化藩篱，还是当下人们热衷谈论的种种"碎片化"，都成了其坚不可摧的证明。那些对此无所领会的人，将如他们无从领会海德格尔何以会说"存在之思即存在之诗"那样，无从领会达拉斯何以会说"吉狄马加的独特性是整体的"，无从领会吉狄马加一直企及的"抵达我们伟大母语的根部"的真正意味，最终无从领会"诗是人类共同且唯一的母语"这一必定在每个"本源性诗人"内心深处回荡，几不可闻，却又足以覆盖过去、现在和未来的声音。

　　不能说吉狄马加在立志成为诗人的最初一刻就听到了这样的声音（尽管他的诗心由普希金唤醒已蕴含了足够多的相关信息），然而，还有什么比他的诗迄今已被翻译为40余种语言，在50多个国家出版，版本多达100余种更能表明？！数十年来他的创作始终在与之彼此呼应，据此反观就不难看出：当吉狄马加遵从他所属族群的全部历史和现实意愿，响应那片古老的大地和群山、世世代代的支呷阿鲁（彝族创世英雄）和呷玛阿妞（历史上著名美女）、无数暗哑于地下的"永远朝着左睡的男人"和"永远朝着右睡的女人"，以及冥冥中佑护着所有这一切的神灵的暗中嘱托，在《自画像》中宣示他的代言抱负时，他已义无反顾地踏上了那条命定的道途；就不难理解：当他受 1960 年代美国黑人文学，尤其是以兰斯顿·休斯为精神领袖的"哈莱姆文艺复兴运动"的启发，真正开始思考民族性和诗歌本身的关系，从中汲取力量和自信，并于"死亡和生命相连的梦想之间""河流和土地的幽会之处"，写下那首激情四射、元气弥漫的《黑色狂想曲》及《古老的土地》等一系列相关作品时，命定道途上的远行者在其"英雄和自由"的族群精神鼓动下，已迅捷化身为一只诗的雄鹰，正展开他高举远翔的翅膀；就不难想象：无论这只雄鹰怎样在时代天空的风云变幻中搏击折冲，都不妨碍他在不为人知的时刻回到其内心的秘密巢穴，反复感受那"看不见的波动"，并没入黑色的涅槃之火，直到从那团胸中不散的元气深处认出他的"元神"，彼此合体，且在长诗《我，雪豹……》中以第一人称訇然现身，其前所未有的高迈沉雄、灵动透彻，不仅令关注者耳目一新，而且开启了他此后持续十余年的长诗创作平台期。这些场景的连续性由同一心路历程的真实性提供保证。它令人信服地揭示了一个"本源性诗人"据何，又是怎样经由不断深化、拓展其作品的表现疆域，从自由创造的可能中不断生成新的语言现实；其迄今依然丰沛澎湃的势能，正加速呈现某种新诗史一直期待的奇妙景观。这样的景观，或可借用"独木成林"这一罕见的自然现象来加以表征，以既对称于他的"应许之地"，又体现他对后者的最好回报和最高敬意。

　　吉狄马加更晚近的作品《应许之地》，其间对现代性充满悲悯的反讽和展望，对照他在成名作《自画像》中立誓要为本民族代言的踔厉奋发，虽一脉相承，境界却早已是别有洞天。说话间差不多半个世纪过去了，如今吉狄马加的诗域可谓气象万千。回首他身后历历在目的脚印，却又不由人不感慨万千。如严沧浪所言，怀揣"别才"的诗人常有，而"本源性诗人"不常有。能充分发育，以至最终当得起独木成林的，就更是凤毛麟角了。二者的区别最初往往没那么大，一段时间内甚至各有擅场，大致中场往后，才会拉开距离，见出分别（因此真正令人扼腕的是那些深具潜质，却因各种原因而遽然中断者，当代可如海子和骆一禾等）。当然，再"本源"的诗人也需要一个生成的过程，其间潜能的质地尽管如同基因般不可轻忽，但说到底，最终成就与否，乃是一系列主客观因素合力作用的结果。这方面清人叶燮所谓"能以我之才、胆、识、力，反映在物之理、事、情，则自然之法立，诗之能事毕矣"，虽较之"不读书，不明理，则不能至其极"（严沧浪语）更为全面通透，然即便是在自洽程度极高的传统中国社会／文化中，也只能是撮其大要；而在既往的自洽性早被一再打散，新的社会／文化结构于夺胎换骨后正经受"全球化"语境历练的当代中国，参与成就一个"本源性诗人"的主客观因素，较之前者无疑更多矛盾冲突，更多迷障和歧途，其生成过程的复杂程度自也不可同日而语。昔之"自然之法"，于此更像是诗如何应对面临的种种问题情境，特别是"灰色地带"的不确定性的难度标杆。唯有那些不但拥有更蓬勃旺盛的原始生命／创造活力、更敏锐灵活以适切诸多变化的语言／修辞意识、更广博的相关知识学养，而且拥有更宏阔的视野和胸襟、更具穿透力的眼光、更健全的心智、更坚韧的意志和人格修为。尤其是，拥有将所有这些凝为一体的更强大的内在综合能力的诗人，方能在与世界和自我的博弈中，经由诗艺的不断突破实现跨越。这样的诗人必兼为自然和文明之子，如同必兼为"涅槃者"和"通灵者"一样。否则就做不到在语言中令本源和新生同时呈现。

吉狄马加从不讳言诗歌时刻的他是一位"不为人知的通灵者"（"因为只有在这个时刻／我舌尖上的词语与火焰／才能最终抵达我们伟大种族母语的根部"）。而我有时开玩笑说他是当代彝人中"最大的'毕摩'"，也是基于同一理由（对"通灵者"吉狄马加来说，词语与火焰、写诗和履行"祖先的仪式"，都是一回事，其终极目标是要"抵达我们伟大种族母语的根部"）。这里的"通灵"，实即诗学意义上的自由出入天地人神，直探人类生存一体同在中变与不变的奥秘。吉狄马加于此令人印象深刻的作品多有，但若论第一时间就给阅读带来强烈震撼的，我会首推《黑色狂想曲》和《我，雪豹……》。尽管两个文本相隔了近30年，震撼的强度和向度也大不相同，然就都集中呈现了作者"通灵"的一时巅峰体验和典型刻度而言，二者不妨等值；其阶段性的区别仅仅在于：前者令我更多意识到一个"本源性诗人"的巨大潜能和其来有自，后者则令我更多意识到一个"本源性诗人"的真正成熟和新的起点。

当然，正如"通灵"半由天赋，半由静修，非关技艺，不可力强而致一样，它也不可能是一种常态，并不能使吉狄马加免除属于他的"问题情境"的纠缠。事实上，吉狄马加的创作历程远非有人认为的"一路开挂"，而曾给他造成最大困扰的"身份认知"或"身份悖谬"问题，就主要发生于上述两诗之间。只要深入其间诸如《反差》《无题》《彝人》《隐没的头》《火塘闪耀着微暗的火》等文本的内部，细辨那些不仅镌刻在诗句深处，同时也镌刻在其空白处的历史皱褶和心灵颤动，并比较同期的其他作品，就不难察知他于此曾经历过怎样迷惘、失落、忧伤和无助的时刻，陷入过怎样的动能困顿。13年前我撰长文《身份认知和吉狄马加的诗》，就是有感于他的这一困境，试图活用拉康的"镜像理论"，集中探讨其成因及破解的可能。有意思的是，这篇在犹豫和推敲中延宕了整整3年的文字，却又是因读到其间问世的《我，雪豹……》，才经由末节的升华获得了重心，并得以最终完成。这一段曲折若有玄机存焉，由此不但令该文成为我写作生涯中最可忆念者之一，而且令那首长诗以第一人称塑造的"雪豹"形象日后长存我心，并继续生长。这既和诗人的"自我"（包括自我身世、自我想象和自我期许）混而不分，又超乎其上的雪豹与我是如此有缘，竟至数次闯进我的梦境，提醒我反复回味其可由祖先谱系作证的高贵血统，其在白雪和雾霭的至深处诞生的奇迹，其穿越了所有时空守望孤独的忠诚，其以声音的群山战胜无尽沉默的智慧；其疾如闪电的纵身一跃中敲响空气的强壮脚趾；其自由巡行时覆盖荒野的秘密气息；其回忆般变幻莫测的身影；其焰火般盛开的原始热情和活力……

　　说来我与马加兄虽相识已逾40年，还创下过朋友间通话一次"海聊"近4小时的纪录，可直到去年夏天随他同往其故乡大凉山参加火把节，才偶然听他对人说道，他的全名是吉狄·略且·马加拉格。彝人有父子联名的习惯，而"拉格"在彝语中的本义就是"豹子"，让我一时暗叫惭愧。不过转念之间，却又多出了一重暗中得意。此处的"得意"，非指因念及当年曾将《我，雪豹……》解读为马加兄的"立元神之作"而洋洋自得，而是指意识到两只豹子构成"自我相关"时，瞬间就领受了其向我敞开的新意。较之初读《我，雪豹……》，感同身受于诗人受困既久后取得决定性突破的那种光芒迸射的惊喜（为此我甚至不得不使用了"横空出世"这样显属夸张的形容），这"得意"几无冲击力，却更为深邃绵长。这里的"自我相关"不只是某种巧妙的写作策略，同时还隐喻着一场归向诗本身的秘密仪式。所指涉者，与其说是偶然在世的个体生命，不如说是泽被万代的共同母语。据此再看那披着涅槃重生后的清新立于所有追光中央，"超以象外，得其环中"的雪豹形象，就不但更有理由称之为吉狄马加的"原神"，即便视为所有"本源性诗人"的"原型"，不亦可乎？

那天参观完拖觉群山环抱中的万亩蓝莓园回到布拖，转往马加兄的老家达基沙罗，午饭后去正屋开研讨会。主题为"诗人的吉尔：远行与还乡"，我的心思却总也离不开座右不远处的火塘。与预想的全然不同，眼前这火塘已充分现代化了，猛一看更像一个室内装置。然而这又有什么关系？正如彝人生于火复归于火，"火"在命运的循环中早已成为族群的图腾，"火塘"则成为神驻足日常生活的象征。早在马加兄将其作品合集命名为《火焰上的辩词》之前，他反复写到的"火塘"意象，在我心目中就已然是一个无分形上形下的超然存在。结合当下的研讨，可以说那正是他的"吉尔"（庇护），他反复驾诗远行又还乡的福地。

这么想着，眼前的火塘竟恍若史蒂文斯笔下那只坛子一样，被一只看不见的手拎离地面，又静静地泊在了半空。时值盛夏，塘内自不必真的有火，但这丝毫也不妨碍我想象它深藏着一朵永不熄灭的微暗之火。这火不但闪耀于塘内，也闪耀在现场：确实，如果在场的朋友不是每个人的心中都秘藏着一个类似的火塘，火塘内没有燃烧着一朵彼此映照的长明之火，我们凭什么聚在一起，现场的气氛凭什么那么热烈，而门外的阳光又凭什么那么明亮呢？

不错，那正是诗歌世代相传的薪火，而有火必有光。火——光。念及于此不禁又想到《我，雪豹……》，想到其中曾一再击中我的那些有关"光"的诗句。我毫不怀疑，这些诗句，连同那只雪豹的形象一起，将被未来的诗歌史归入不朽：

我不属于语言在天空
悬垂着的文字
我仅仅是一道光
留下闪闪发亮的纹路

不是因为我的欲望所获
而是伟大的造物主对我的厚爱
在这雪山的最高处，我看见过
液态的时间，在蓝雪的光辉里消失
灿烂的星群，倾泻出芬芳的甘露
有一束光，那来自宇宙的纤维
是如何渐渐地落入了永恒的黑暗

既是光本身又是光的见证，还有什么比这更能喻指诗和诗人的"真身"？当此之际，"镜与灯"这一对意象也随之从心头缓缓升起几乎是不可避免的：从"火"到"光"内涵了一种加速度，而"镜与灯"则通过转喻、变奏，在减速中将其挽住，并经由彼此投射而回旋、汇聚，自成一个不可见的能量场域或曰"光阵"。就这样，在辽远的大凉山深处，在诗意盎然的达基沙罗，在那口历经沧桑、反复转世的火塘的默默见证下，同一束诗的复合之光贯通了一本论集和一场研讨，而这篇序文也由此生出了它的第一粒坏芽。

这算是一个启示的时刻吗？当然。当然也仅此而已。谁都知道这颗在利益的驱动下正越来越倾向于分裂、"摆烂"的星球不会在乎这些，但也正因为如此，诗的"在世之在"才越来越成为某种启示。这样的启示既不指向一块时空的飞地（尽管它乐于提供类似的幻觉），也不指向一只神秘的拯救之手（无论它来自外太空还是末日审判），而是，并且从来就是直指刘勰笔下那颗"与天地并生"的"文（诗）心"，直指其不可能不在乎的万物并生且普遍关联的世界。在这个意义上，说"启示"还不如说"自我重申（生）"：重申（生）诗在重重遮蔽下仍足以自明的存在依据；重申（生）诗面向未知，据以"美"的尺度，不断揭示生存奥秘，不断平衡、校正和丰富人类认知，尤其是自我认知的大道；重申（生）践行此一大道的诗人之间由于共履天职而产生的那种超越的知音／手足之情。

说实话，读这本论集时最让我感到暖心的，就是洋溢其字里行间的那种超越的知音／手足之情。相信它必也会延及更多有心的读者。谨借此向本书的译者们表示格外的敬和谢意。

目　录

吉狄马加长诗中的四种力

徐敬亚

　　我在《诗的自我消费年代》（2021年）有如下观点：50年来的中国现代诗经历了从"文革"的艺术表达到20世纪80年代"我不相信"的英雄主义，到90年代重返日常生活的个人写作，再到21世纪初的"下半身"……诗，一步步从地狱重返红尘，从精神回归肉体。21世纪后，诗全面遁入了全球化语境。近20多年来，中国现代诗继续呈现出喇叭口的开放姿态，口语诗获得空前发展，诗意空间进一步向细微处不断演进……然而，我更注意到：在经历过20世纪八九十年代各类危险、临界、刁钻的生命—语言试验后，当下中国诗人们的潜意识大门正在缓缓闭合。诗从来没有如此贴近世俗，从来没有这样柔软地附着于生存。当下现代诗的主体呈现出了四种倾向——日常化、叙事化、平面化、消费化……我进而认为：当下的诗仅仅维持着最低的人文输出。可以说：诗界自救、自赎、自慰的全局已经出现，一个诗人自斟自饮、群芳自赏的自我消费年代已经来临……

　　近期读到吉狄马加的诗，我注意到，他的诗，尤其是长诗，正是在上述柔软的语境下，以受到"国际诗歌界高端人士广泛认同"的声誉传说，越来越频密地进入中国现代诗人们的视野……
20世纪80年代之初马加起步时，他还单纯书写着种族生活细节
小诗，隐属于四川诸多诗人类群中。近年来随着他一部部长诗迭加，
其诗歌综合指数飙升。一种带着全球化视角的诗歌目光，一种置
疑人类文明、万物同生共存、寻找新的种族家园的诗歌理想，一
种宏观语境下精致、惊险的语言修辞……在国际诗歌界引起了惊
愕的陌生化阅读。因此，一些欧美诗人强调了他的"革命性"。而
我注意到：与前辈现实主义诗人差异的是，马加的诗歌手艺细微、
精致而不乏现代……我想，如果我们忽略个体阅读，把他的诗放
置在更广阔的背景下，会发现：不论是与国内还是国际诗歌主潮
相比，都呈现了不同的诗歌表情与性格，相反的诗歌情趣与味道，
甚至完全相悖的诗歌设定。这无疑是我感兴趣的动向。

在本文，我更换解读方式。我发现长诗内部有一个若干种力
组成的力学结构：

第一种力：聚合力，向心力——这是长诗内部一种向内凝聚、
收缩的力。

第二种力：牵引力、驱动力——是推进长诗前进的力量，是
一种向前的力。

第三种力：离心力、惯性力——是沿着某种曲线运动的一种
向外的力。

第四种力：内张力、多向力——是一种复杂的立体力，向内、
向后，多方向。

是不是应该写一篇文章叫《长诗——史诗的力学原理》，或者叫
《长诗写作中的动力学》，为长诗评价体系增加一点机械化的物理学。

《应许之地》中的聚合力

我年轻的时候曾这样描述过长诗：长诗不是小诗的总和。三百条小鱼连在一起，也成不了一条大鱼。大鱼身上的每一个鳞片，都是大鱼的气度。现在看，这个说法属于对长诗、短诗结构上的判断。

短诗展现的，大致是诗人的感觉才能、修辞才能。而长诗考量的往往是诗人的情绪宽度和人文强度。短诗更多的，是对自我生命的静态体验。而长诗则是主、客体之间全时空的交融感知。写长诗，诗人必须从个体的孤独生命中漂移出来，抒情主体进入广阔的时间（历史）、空间（世界）的虚化感知系统。因此，短诗处理的主要是个人的日常经验。长诗处理的是人与世界之间的人文经验。可以说，一位诗人的才华，或者说天才指数基本上属于短诗。而他的诗歌重心则应该落在长诗上。

聚合力，实际是长诗内部各子目录之间关系的一体化问题，相当于一支庞大军队的忠诚度和调动指数。诗人能否运用强大的意识统治力，将各类诗歌元素统一起来、调动起来——这需要写作者对长诗中各类素材施加一种掌控，包括对各种修辞手法的布置与操纵，像水所具有的那种默默的溶解力，像火山内部由极致高温而产生的熔化岩浆的本事。

《应许之地》在四部长诗中综合性能最突出。它没有《我，雪豹……》那么轻灵，没有《裂开的星球》那么沉痛，没有《致马雅可夫斯基》那么凌厉，但它的整体性、统一性最妥当。这部长诗既有开阔的视角，也有沉重的力量，内部还有太极拳一样的精湛手艺……《应许之地》，这个命名非常贴切，又略含神秘。它既是历史性的宗教典故，又有未来时的应允、承诺的期货味道，还暗含着此时、此地不可改变的"当下感"。

1. 三种时态的聚合

有意味的是：作者在诗中设立了三个"时态地标"：①应许之地→现在时。②祖居之地→过去时。③未来之地→将来时。这个全时空的标的，不但是彝族的，也是全球各民族共有的：

应许之地：灵魂若即若离（生态与科技）

那里星星与头的距离没有改变
但与我们的灵魂却若即若离
乳房的膨胀不是奶水而是糟糕的硅胶
而繁衍生命的任务给了白色的试管

祖居之地：那不是回家的路（回家路被阻）

种族生活细节，一种古老而恒定的生活模式——
达里阿宗之马……彝族的祭司……火把节……传说中的大力士……萨拉博酒壶……马布吹奏乐……朵洛荷……亚图腾

未来之地：有水无盐的生活（格言）

标准街区、大同小异食物、卡夫卡式城堡、透明的晶体、闪烁电子眼、没有泥土的呼吸、克隆产品、星球漂浮物……

马加表现出了一种高明的叙述能力。他把三种时间形态完全打碎、揉乱。读者很难找到过去、现在和将来这三种"之地"之间的衔接。或者反过来说，他的手法也不是高明不高明，而是随心所欲，是一种任性的、非理性的陈述。他揉合得如此了无痕迹，完全削平了应许之地、祖居之地、未来之地三者之间的界限。

不露痕迹而又溶为一体，靠的是一种整体意念的聚合力量。

2. 诗歌材料的液化状态

长诗展现了广阔的人类生活：生态、科技、种族……

①现在时、生态：诗人尤其关注水——

梯级电站、河流被切成数字香肠、河流中裸露石头的叹息……

还有动物：偷猎者、杀戮者……

②将来时、科技：对未来的展望——

试管婴儿、透明晶体、数字化居住区、星球的漂浮物……

③过去时、种族：反复出现彝族元素——

古老的祭祀、种族的传说

神话中巨人的木勺、幸运的斗篷、童年丢失的木碗……

全诗古今交融、中外辉映、林林总总……在 248 行的地方，诗人突然排列出了 52 个词：群山，赤脚，铠甲，苦荞，石磨……这种"裸词罗列"是长诗的一种新手法（下文再述）。全球视角下，诗人充分展现了各民族千年的线性历史。但是你并没感到他在摆大巴，摆资料，摆历史，因为材料都被他揉碎了——长诗对三种"之地"的描述，在结构上是零碎的，在价值判断上是含混的、朦胧的。

"幻灭—依恋—忧虑"这六个字，是这首长诗的主题：——对当下"应许之地"的判断是幻灭，对"未来之地"是忧虑，对"祖居之地"则深深依恋……但这个主题表现得非常隐晦。读者看不到直露表达。在诗节—诗行—诗组之间，你看不到哪一行倒地，哪一节流血，哪一组又在流泪……这是一种杀人不见血的修辞手艺。你只是发现所有的句子都倾斜着，都暗中带着一种温度，或冷或热地倒向某一个方向……这就是诗化的、非理性的处理，长诗呈现了一种熔岩流、意识流的液体状态。

自然界中最好的力是看不见的。那么，最好的长诗形状应该像什么呢——像海水中不断立体变幻的鱼群？……像空中任意翻飞、多坐标多维度同时移动的点一样的无数只鸟么？

3. 长诗中的三颗小卫星

长诗内部是一个多元的世界。它不可能像排列整齐的兵马俑。

我发现，在《应许之地》的零散结构中有三处明显的"颗粒状"结节，像强力吸附于主体上的三颗小卫星：

①在第 61 行处，出现了一段《马》的叙述，共 13 行：

那时这种山地马肯定还没有灭绝

……

一个属于马的时代，骑手的光环黯淡

寻找马蹄铁的预言已经没有意义

这是对祖居之地的怀念，对彝族马文化的追悼。

②在第 87 行出现一段《火》，共 10 行：

房间里没有火塘的位置，微暗的火

……

哦，火焰！一千年智慧的集散地

……

唯有火光能让围坐在四周的人

真切地看见那些黑暗中的东西

……

③在 234 行的地方出现了 11 行的黑山羊：

这里听不见黑山羊咩咩叫的呼唤

……

或许只有返回到金黄体格的器官中

人类的儿子才能高扬雄性和创造的旗帜

　　这三段凝成"结节"的部分，正是作者土地主题中的三处"结晶"：马和火是彝族的亚图腾，而黑山羊我觉得是彝族直接的明喻象征。彝族以黑为贵，如诺苏黑色民族。

　　此外，长诗中四次提到了母语，我把它算作溶进了"额外"的元素：

　　　　让母语鲜活的词飘浮于永恒的空白……
　　　　在戏谑之后母语的问候哽咽于喉咙……
　　　　不仅仅为了倾诉才选择母语……
　　　　让不同的母语在算术里获得新生……

　　从力学的角度来看，上述三段"结节"也可以归类于"离心力"范围。在这里我把它视为一种对于主题的"吸附"。《应许之地》内部的四种力并不均匀。凝聚力最成功，最成熟。牵引力则显得扑朔迷离。内部的张力分布比较匀称。

　　在力学之外，最后我发现了这首长诗的惊悚之处：死亡与灭绝！

　　可怖的人类灭绝场景，三种人的死亡或隐形死亡：

　　　　①如果还有讲述者活着，他的眼睛 / 将面对滚滚而来的太阳
　　　　②应许之地，到了那个时候 / 诗人也许还存活于世
　　　　③但愿到那时候人还是 / 这个世界的一部分

　　这末日般的死亡，难道表明作者丧失了对人类命运的最后期许？

　　第一类死者是"讲述人"。第二类死亡者是"诗人"。第三类扩大为"人→全体人?

　　诗人并没有说明人类灭绝的原因。我猜想两种结局:A,核战;B,抽象的硅基人主导世界。这是主题的变奏:对未来的忧虑理了一步——绝望,至少是恐惧。

　　4.金子般的格言

　　诗人敢于直面人类诸多生存困境:环境视角,人类学视角,民族视角,科技视角……阅读中我一直暗暗担心着,对于这些人人皆知、但全球精英们皆一筹莫展的难题,诗人怎么回答? 一首长诗毕竟无法回避……

　　终于,在长诗即将结尾处,出现4行重量级诗句——这个关于"盐和水""玛瑙和盘子"的格言,使全诗上升到了很高的人文云层——可以说,这就是马加给予这个星球的答案:

　　哦,你们给了足够多的水
　　而又拿走了仅有的一点盐。
　　如果没有了灵魂玛瑙上那红色的穗须
　　再积极的盘子又有何用?

　　如果我们把人类困境上升到"全球化"高度,会发现人类面对的,是一个幸福与困惑的悖论——"物质丰富"而"精神枯萎"。

　　马加写出四行、两组比喻——"盐与水"的配比定律,巧妙地回答了这一难点,并使这四行诗当之无愧地成为全诗的主题。

"水和盐"的关系，恰切地点破了物质丰富后现代人的灵魂困境。在诗人眼中，无限丰富的物质，变成了酒中越来越多勾兑的水。而盐被莫名地"拿走"，被拿走的恰恰是人类的灵魂——这是全世界人人皆知的文明困惑，是无数论文也难说得清楚的当代难题。诗人跳开了繁琐的论述，他以盐与水的关系宣告：人类不需要足够的、抽走了盐的水，而需要有味道，有滋味的生存，那才是应许的生活。

诗，真是巧妙——只要发明一对古老的格言，便击中当代文明的要害，胜却论文无数……

最后一行，马加随手写出了"积极的盘子"！——好一个"积极"的修饰！明明是生硬的比喻，明明是半搭半靠的修辞，由于前面有了"足够多的水"，盘子的"积极"——努力多装再多装……忽然合理，甚至令人产生非它不可的正确错位感！

这一组格言一样的比喻——"盐与水"的配比定律，算什么力呢？它只能是聚合之后上升的、诗的"神力"。

《裂开的星球》的牵引力

长诗由于长度的存在，它必须前进，必须不断前进，从开头至结尾。

这个向前的动力，只能来自诗人发出的牵引。短诗则不同。短诗一出场"啪"一个造型就有诗，原地转两个圈就有诗。而长诗的动力，是诗人预先埋伏的内在结构。短诗可以是共时性的一片断崖或瀑布剖面。而长诗是动画片，是必须不断流淌的、历时性的河流。

1. 疑问，是一种很强的推进

《裂开的星球》是一部罕见的、以疑问开篇并以一种贯穿的困惑为主题牵引的长诗。

它的不同寻常之处，在于它的动力并非常见的"结构式牵引"。也就是说，它没有按照一种预先设置的逻辑关系，固定地向前一步步推演。它像屈原，一开口便是天问：

是这个星球创造了我们
还是我们改变了这个星球？

怀疑，是高等动物对现实的试探性否定。而诘问，是人类特有的置疑与反辩。所以"疑—问"构成了一种特别强烈的推进力。开篇"创造与改变"的连环疑问，类似于"鸡与蛋"的古老先后之争。它站在全人类的大立场，一直追溯人类的远古，也一直叩问于遥远的未来。这个问题如此宏大，足以领率全诗。

而且，这疑问在长诗中重复了三次。

对此，马加显然是着意为之——分别设置了①开头的"启动发问"，②结尾的"疑味深长"，以及③中间的"续力助推"……作为一部近500行长诗的推进器，三次重复的天问，足够多不算少，恰如三级接力推进的升空火箭。

2. 双引擎→双驱动

所有的读者都会注意到，这部长诗中出现了另一个强悍的、虚拟的三重意象——老虎！

　　哦，老虎！波浪起伏的铠甲

　　流淌着数字的光。唯一的意志。

　　这是马加为长诗增设的另一个牵引，即虚设的，凶猛而斑斓、唯一的不可战胜的未来！

　　于是，这部长诗中出现了"双驱动""双引擎"。

　　这首长诗中"未来"的形象如此威武、迷人，不可侵犯——①老虎、②波浪、③铠甲，这三重惹不起的意象，暗含着"凶狠""起伏""坚硬"……三重意象之后，马加紧接着为"未来"揭开面纱，这次是"明喻"——他说，未来是"流淌着数字的光"——光是强烈的，数字稳定而可怕，而"唯一的意志"，强横如叔本华，不可改变！

　　对于疫情下的诗，这三重惹不起的意象是否应该有另一种解释：①老虎、②波浪、③铠甲，暗含着"新冠"相关含义：①老虎→病毒！②波浪→蔓延！③铠甲→防护……对，这更像标准答案！

　　说实话，很多时候我一看见长诗就发愁。我看到过太多的才华横溢，但却缺少牵引力的诗人们写的长诗。他们在好句子中转来转去，就是不能前进。诗意不停地旋转，就是不能延展与演化。导致一首长诗变成短诗的集合，不断重复，原地踏步，读得累——就是我说的无数条小鱼堆积而成的假大鱼。

　　牵引力的珍贵性在于，它清晰地索求着诗人的思想逻辑和情感线索。它要求诗人拿出强大的思想烈度和情绪强度。因此，除了向前之外，牵引力也暗含着向左右两侧扩展的、宽向的放射力量：

这是应该原谅那只鸟，还是原谅我们呢？

是走出绝境？还是自我毁灭？

如何从嘴里吐出了生存的智慧，还是光滑古朴的石头？

这三组疑问，是三级火箭之外的补充动力，这样的小火箭也是总牵引力的一部分。它的喷射把双引擎的疑问向别的方向转移了一下，从而使置疑贯穿了全诗。

重复，是不是也属于另一种牵引。"老虎"这个意象在诗中出现了四次。而疑问则发出了七次。

3. 格言：推进，并升华

可以说，《裂开的星球》是灾难之诗，也是惊恐与惶惑之诗，是新冠背景下诗人与整个星球的一次对话。因此，以"疑问"作为主动力不仅是恰当的，也是强烈的、反诘的。

在一种不祥的气息中，诗人对五大洲广阔的空间进行扫描与巡游。各类国际事务及各类灾情人患缤纷登场，各类矛盾与冲突如万花筒般涌出……这是人类史上没有前例的特殊战争，对于文学来说，这同时也是一个注定无人操纵过的最新命题。正如当灾难来临时，全世界没有任何一个人能告诉全人类方向，全人类一筹莫展——怎样缝合这裂开的星球？更是一个没有答案的无解之谜……

这时，诗人拿出了一个办法。

面对钢铁般的疑问，诗人从不把准星瞄向靶心，而是将政治、经济从语言中像挤牙膏一样挤了出去，然后隐藏逻辑，收敛情感。发出了诗人的特权——他们忽然升到了高空，模仿着神的口气说话：

> 当天空变低
>
> 鹰的飞翔再没有足够的高度。
>
> ……，……
>
> 哦，女神普嫫列依！请把你缝制头盖的针借给我
>
> 还有你手中那团白色的羊毛线，因为我要缝合
>
> 我们已经裂开的星球。

　　读者一眼就可以认出，这是古老民歌中的格言体……这些由马加创造的，仿佛千古传说与神话一样的语言里，有一种什么力量呢？——庸俗的动力学无法解释全部的诗。也就是说这些格言里包含什么力呢？这是——如前所说的"神力"之外的"魔力"！

《致马雅可夫斯基》中的离心力

　　第三种力：离心力、惯性力——离心力是一种向外的力量，沿着某种曲线运动。这其实是长诗必须具备的外延性。一首长诗不可能只有干巴巴的一根筋。它必须在多条岔路上向外放射与逸出，才能产生万千气象。这种力显然是考察诗人艺术储存的丰富性，以及意识的维度与情绪宽展。在具体的阅读中，我们有时候可以看到，这种力常常在长诗中造成某种有意识的小面积停顿、徘徊、

拓展……离心式的短暂不前进，其实是在加高诗的海拔。

在吉狄马加四首长诗中，《致马雅可夫斯基》是情感上最动情、最倾心的一首，也是诗意方式上最直露、最凶猛的一首。可以说：一个马诗人对另一位马诗人的夸赞，几乎用尽了天下的油彩——因此，石厉评价这首长诗说："马雅可夫斯基的语言血液仿佛通过天空的血管，流入这首诗中，或者说这几乎是不同时代的两股诗歌海浪的重叠……"

1. 极致的夸赞，是否也能产生离心力？

石厉显然也是受到了阅读的震动——马加在这首诗中不仅展现了才华，也展现了对诗歌、对诗人的一往情深。读诗的时候我一再想，天下还会有人更加这样赞美诗么。

①它的呼吸比铅块还要沉重

②只有你能吹响断裂的脊柱横笛

③你的目光也能把冰冷的石头点燃

④神授的语言染红手指，喷射出来

　　阶梯的节奏总是在更高的地方结束

⑤语言的铁毡上挂满金属的宝石

　　呼啸的阶梯，词根的电流闪动光芒

⑥你天梯的骨肋

　　伸展内核的几何，数字野兽的支架

　　打破生物学方案闪电脚后的幻变

⑦你诗歌的星星将布满天幕

　　那铁皮和银质的诗行会涌入宇宙的字典

⑧你的诗才是这个世界一干二净的盐

世界上任何的实体，任何的物质，任何的抽象，谁能承接这神一样的夸赞？……马加或许是喝足了美酒，或许是吸食了什么仙气。他把诗写成了地球之光、宇宙之光！——我不知道"吹响断裂的脊柱横笛"需要什么样的呼吸？但学过俄语的我略微知道"词根的电流闪动光芒"中单数与复数的六格变化……但是无论如何我也不明白"打破生物学方案闪电脚后的幻变……"是什么含义？世界上最可怕的就是诗人赞美诗人。他们说出的话人们不明白。

在全诗中，马加对马雅表达的敬意——不，甚至不应称为敬意——应该是景仰，是膜拜、顶礼！

①你是词语粗野的第一个匈奴
②穿越城市庞大胸腔的蒸汽机车 / 旷野上的文字的巨石阵
③语言中比重最有分量的超级金属
④浮现在词语波浪上的一艘巨轮，词语王国里的大力士
⑤那个年代——诗歌大厅里 / 穿着粗呢大衣的独一无二的中心
⑥黎明时把红色 / 抹上天幕的油漆工
⑦诗歌疆域里的雄狮 / 语言世界的——又一个酋长
⑧使徒 / 伟大的祭司，独自戴着荆冠 / 仅次于神的声音

这些夸赞也是了不起的！也"仅次于神的声音"——写到这里，我不想一一解释这些天堂之语。我想说，难道你不觉得"极致"也是一种特殊的力量么。极致，它把事物朝着极端的方向推

下去，再推下去——一直推到不可思议的边缘，再边缘！——这时候，力量就莫名产生了！——难道你还认为这种力不是处于"离心"的状态么。难道它不是偏离了中心，甚至偏离了一切……

2. 诗人忽然绕到了月亮的背面

一个正在夸奖别人的人，忽然绕到了这个被夸人的背后——他突然点名般地说起了这个人的"宿敌"！怪不怪——长诗里的夸赞，突然变成了讨伐。这难道不是对"心"的大大"偏离"么。

他的"宿敌"如此之多，我且把它分成两类。一类是政治、经济、道德、世俗……我再分成 8 种人。不，应该是 8 个小集团：

①油滑的舌头

②伪善的君子

③善变的政客

④独裁者

⑤财富的垄断者

⑥奸商

⑦银行家

⑧打赢了又一场没有硝烟战争的资本

显然，①②是世俗的虚伪。③④⑤指向了政客。⑥⑦因前面增加了"奸"字，经商者忽成贬义。⑧不明白，诗人为什么像马克思一样把枪口对准了"资本"。他在后面的诗中把资本说成"一种隐形的权力"。类似当年的林则徐，他评价：资本"甚至控制了这个星球不为人知的角落……他们只允许把整齐划一的产品 / 说成是所有的种族要活下去的唯一 / 他们不理解一个手工匠人为何哭泣……"

　　读者是否会感觉到：这不仅是马雅的"宿敌"，是否也是马雅身后站着的、长诗抒情主人公的感同心受呢？

　　"宿敌"的另一类，是诗歌中的异类、败类，我也把它们整理成了8类：

①沽名钓誉者

②投机者……

③形式主义者

④小圈子里的首领

⑤小猫发出的咿呜之声

⑥只注重技术和形式的匠人

⑦没有血肉、疼痛、灵性的语言游戏

⑧没有通过心脏和肺叶的所谓纯诗

　　被列入诗歌对立面的宿敌们，个个都有着鲜明的相似性：前三个"者"是世俗的投机诗人。第④的"首领"则是帮派代名词。前四组都属于确定的人群，可以把这些看作是二马（马雅与马加）对形式主义与功利主义的憎恶。第⑥匠人和第⑦游戏，厌恶的程度似有降低，但仍透着贬义。最后，我更奇怪：⑧纯诗，按字面理解，明明是一个纯洁的"正面人物呀——不，这时应该有读者提醒我——你前文不是提到过"一些欧美诗人强调了马加诗歌的'革命性'……么"——噢，对了，如果与"革命性"相比，纯诗当然是一个"宿敌"。

　　综上，如同跳到月亮背后——有话想说的马加，在致敬他心目中的天才诗人的同时，不惜从背面向另一类诗与诗人开火。很显然，在长诗中他通过这位苏俄诗歌巨人之口，离心力般地贬刺当下的各类非诗元素、世俗元素，甚至纯艺术……这些，似乎超越了100年前马雅可夫斯基的诗歌背景——从表达情感的烈度上看，诗中表达的应该是对当下全球化时尚诗歌潮流的嘲讽。读者也可以从中透析出：与上述 8 种 +8 种宿敌相反的，正是马加的人文理想与诗歌理想。

从力的角度，这种"借助"显然属于一种偏于"致敬"主旨的"离心"之力。

3. 两处惜墨如金的转折

如果读者假设性地站在西方诗人的立场，会立刻感受到这首长诗对这位"生活在苏俄时期"诗人的称赞，与传统的评价相比，声调明显高出若干音程。

我早年也是一个马雅之迷，一本厚厚的《马雅可夫斯基选集》伴随了我"文革"后期的多年生活。我知道出于对新生活的向往，这位了不起的诗人产生了巨大的诗歌能量。靠着激情与生命活力，他的诗竟然匪夷所思地将未来主义与批判现实主义结合到一起。我也知道他的晚期在诗与政治、个人与国家之间进行过痛苦的辨析、选择与挣扎……果然，连马加也在纠结那些与赞美相悖的不谐和因素。因此，在长诗中出现了两处"说明性"的、反拨性的文字：

我知道，你也并非是一个完人偶像
道德上的缺陷，从每个凡人身上都能找到

谁也无法否认，那些逝去的日子里

也有杀戮、流亡、迫害和权力的滥用

惊心动魄的改变，谎言被铸造成真理

不是别的动物，而是文明的——人

亲自制造了一幕幕令人发指的悲剧

在一首以赞颂为主调的诗中，这两段文字显得如此不谐调，甚至令人扫兴。但它对于历史来说是真实的。对于马加来说，把它写出来又是诚实的，不赞美反而使赞美更有力量。

无法回避的是，人们对这位诗人后期的心变与自杀充满疑惑……马加仅仅用 2 行诗来进行说明，显然不足以消解……而且，马加回避了马雅可夫斯基内心的矛盾与冲突，仅仅把这些疑团归结为"道德上的缺陷"，令我十分不解。

同样，对于苏俄时期的残酷清洗，5 行"相反"的诗，力度明显不足。

在长诗中，马加引用了茨维塔耶娃的话："力量——在那边！"接着说，就是"一个旷世的天才／对另一个同类最无私的肯定"，我以为不妥——不过马加的结论是对的："她付出了代价"——我读过茨娃的悲剧：1922 年她返回苏联时马雅对她说：这里有真理！——茨娃回复说："那里，有力量！"——然而，当她流亡 17 年后返回苏联，那"真理"和"力量"却把她砸得粉身碎骨→她的丈夫被捕，之后女儿被捕……她领着小儿子贫困交加……1941 年 8 月 26 日她申请作家基金会食堂洗碗工被拒！→5 天后绝望的茨娃悬梁自尽……一个半月后她丈夫被枪决……三年后她参军的儿子死于战场……

刚刚我查到了马雅可夫斯基自杀前的境遇：

《放开喉咙歌唱》1930 年发表时（即诗人自杀的同一年），《苏联百科全书》上对诗人介绍是这样的："十月革命以来，马雅可夫斯基与无产阶级的世界观是格格不入的"……帕斯捷尔纳克在 1927 年给朋友的信里写道："我一直都认为，马雅可夫斯基与生俱来的天赋会在某一刻炸掉"……茨娃则在他死后的回忆中说："作为一个人的马雅可夫斯基在不断杀死自己内心中作为一个诗人的马雅可夫斯基……最后，诗人站了起来，杀掉了人"……我想，上面这些，是人们普遍愿意读到的文字。但马加似乎更愿意靠向遥远的年代说话。再次令我不解的是，他回避了制度与思想，而把"一幕幕令人发指的悲剧"的源流归结为抽象的"人"。

4. 多余的话

我注意到，在长诗《致马雅可夫斯基》中，出现了多处意识形态的专用词语，如"所谓国际法就是一张没有内容的纸……他们想用自己的方式代替别人的方式……他们绑架舆论，妖魔化别人的存在……把所谓文明的制度加害给邻居……妄图用一种颜色覆盖所有的颜色"……

同样，在《裂开的星球》第 74 行出现了关于"个人"与"大众"的"人权观"阐释……第 177 行出现了更明确指向："在这里他们对外颠覆别人的国家／对内让移民充满恐惧"等格外醒目的生硬词语……

我认为，这类涉及人权、国际准则及个人与集体关系等方面的价值取向的阐述，过于直露……这些多余的话，不仅是离心的，也是离诗的。它们降低了诗性，也会使很多读者感到不适。

《我，雪豹……》中的内张力

第四种力：内张力、多向力——诗歌中的"张力"已经离开物理平面，成为一种复杂取向的立体的力。张力的方向，可以说是向内的，也可以说是向后的，向四面八方的。这种多方向的力，常常在长诗中造成绚烂多姿的华彩细节。张力考查的，是诗人的修辞本领。它可以测量出诗人生命内存中的神秘因子与天才元素。

在马加四首长诗中，《我，雪豹……》是最轻灵、最柔软、最诗化的一首。他把雪豹写成了种族的图腾崇拜与精神的物化与幻化……《我，雪豹……》内部有着一种"万物同生共存"的博大理念，没有敌人……但我仍然认为《应许之地》复杂而丰富……诗永远需要神秘。诗永远不可解释。在诗和诗之间也不必排什么名次……

其实所谓的"力"，与我的诗歌取向有些相悖。我并不百分百赞同以"力"对长诗进行评论，虽然我仍然愿意提出这种方式。一个人说出一句话，并不表明他赞同其全部。天下的事没有百分百。我想起周所同的一句诗："我一边拒绝一边挽留"……我简单衡量了一下，我不赞同诗歌力学的百分比大概是35%。

比如，《裂开的星球》牵引力好呢，还是《我，雪豹……》的牵引力强呢？我当然知道《我，雪豹……》有强力牵引的、仿佛装载在一艘船上一样的17节"车厢"。它的内部至少存在着三大驱动：

一、统治与共存——共6节：（1）开场 –（2）历史 –（3）统治 –（4）震慑 –（5）共存 –（6）足迹

二、王者与守护——共5节：（7）赞颂－（8）华彩－（9）王者－（10）家族史－（11）巡视群山

三、死亡与审判——共6节：（12）信号－（13）高潮－（14）哭山－（15）幻影－（16）遗言－（17）道别

不过，因为它的动力太明显了，我反而希望找到它内部存在的其他力。不言而喻，每首长诗里都暗含着四种力……甚至多种力。一颗萝卜里怎么可能只含有一种维生素呢。

1. 结构：溢出的力

《我，雪豹……》的三大驱动，像一座山峰的形状，两侧起势与收尾，而第13节的"死亡"是中间的高潮。我发现了不寻常并把它们挑了出来：其中有三节"岔"出了整体结构。

①第8节：由主观角度溢出到客观

全诗16节都是"雪豹"的主观叙述，唯一不同的是第8节，明显在结构上"溢出"——这一节竟然完全是纯客观的"华彩"。诗人一连列出了40组并列的、无修饰的纯粹裸词。

②第11节：由主观陈述变主观镜头

全诗的描述与叙述基本是不确定性的。而第11节则出现了一组精确的主观视角。雪豹如守护神巡视群山，主观镜头非常细节：远方的鹰……不远的地方，牧人的炊烟……黑色的牦牛……小河白色冰层……这是全诗中罕见的、具象的、真切的景物。诗中的力明确转换并放大，仿佛忽然投射到了显微镜头之下。

③第15节：由现实转向超现实幻影

前14节，全诗基本在现实尘世的影像中。第15节，突然出

现幻影：转世……罪孽……赎罪……九条命……这种死后的重生、生命根源的追溯、对来世的渴望……使长诗越出了原有的现实框架，因死亡而出现了超越时间、隔绝空间的升华。

2. 修辞：多方向的力

在长诗《雪豹》中，马加展示出了强大的修辞功底，各类修辞手法几乎涵盖了自 20 世纪 80 年代以来中国现代诗全部的语言探索成果，可以说是气象纷飞：

我的皮毛，燃烧如白雪的火焰

我的影子，闪动成光的箭矢

我的眼睛底部

绽放着呼吸的星光

充满强度的脚趾

敲击着金属的空气

在这雪山的最高处，我看见过

液态的时间

这是修辞手法的大展示，也是诗歌句子内部多种力量的交汇与辉映：象征、移情、通感、不谐和修饰等等，炉火纯青。

白雪的火焰——是冰与火。

呼吸的星光——是气与光。

金属的空气——是钢铁的透明。

液态的时间——最好的金句，是实与虚、双重流淌。

3. 创新：40 个"裸词"与 12 个"是"

长诗《我，雪豹……》的第 7 节与第 8 节，被我称为"华彩①"
与"华彩②"。马加在这两节中突然别出心裁，在语言修辞上大胆实验。
我无法把它们归入什么力，只好以"创新"这个含糊的评价指代。

第 8 节后半段，是 40 组"裸词"，如前面《应许之地》中的
52 个"裸词"一样：是非句子的、片段的纯粹词组——既无连接，
也没有逻辑，更没有句子成分：

失重……弧线……欲望的弓……气味的舌尖……接纳的坚
硬……颌骨的坡度……分解的摇曳……呼吸的波浪……死亡的牵
引……生命中坠落的倦意……边缘的颤抖……

这种裸词的排列，过去我似乎没有读过。这个创新的合理性在
于，马加写的是雪豹——而这 40 组"裸词"，由于完全删除了语法
关系和句子附庸，获得了额外的速度，从而使诗的阅读变得像雪豹
一样飞快！这真是难得的相得益彰。是否将来会构成长诗写作中如
排比一样的传统手法？或许可以认为是现代诗一种新的加速方式。

第 7 节有 12 个"是"，还有几个"暗"是，简化为 8 个：

①是光铸造的酋长
②是被感觉和梦幻碰碎的逃窜的晶体
③是勇士佩带上通灵的贝壳
④是玫瑰在空气中的颜色
⑤是碎片的力量

⑥是国王的头饰在大地的又一次复活

⑦是岩石上的几何

⑧是穿越深渊的 0

　　前五个"是"都奇特：酋长、晶体、贝壳、颜色、力量——但因为都是被修饰的名词，所以尚好理解。而后面三组"是"，却似是而非——⑥头饰复活，没问题。"岩石上的几何"是什么呢，谁能明白——是岩画？是雪豹图案？是动物抽象线条？

　　最难懂的是"是穿越深渊的 0"……0 是什么——是深渊里的白雪？是纵身一跃后消失的身影？是马戏团里狮子穿越的火圈？写诗的马加，进入了随心任性的境界。他想怎么写就怎么写，谁也管不住他。在一首长诗无比宽大的地盘上，他尽情地伸展拳脚，玩弄着无限广阔的词汇与语言。里面的力，什么内张力、外张力、惯性力……说有多少种，就有多少种，想飞起就飞起。

结　语

　　以"力"的名义分析长诗，其实分析不出什么子丑寅卯。

　　这种塑料式的西式手法，不过是以某种视角，借题发挥般地把诗抚摸一遍，导读一遍而已。对诗真正的、刻骨铭心的评价，还是要靠审美式的、感悟式阅读。力，可以使人感觉到方向、强度、宽度，但却摸不到温度，缺少生命气息。而感觉、感悟、感动，包括阅读中的直觉，却是综合性的、暗中调动一切知觉系统的全息阅读。

　　恳切地说，吉狄马加的四部长诗，无论国内还是国际，都属罕见的、持续性的史诗写作。它们显然渗透着诗人多年的阅读与积累，诗文既有惠特曼的宏伟、聂鲁达的从容，也有埃利蒂斯的现代性与先锋修辞，当然更含有民族文化、民间史诗的多种元素。长诗在展现了丰富的诗歌手段之外，也流露了诗人诸多诗歌与人文的生命内存属性。《应许之地》的宏大与高远，表明了马加的诗歌志向与野心。高纯度的《我，雪豹……》含有少数族裔代言者的气度。《裂开的星球》显示了马加介入现实的诗歌倾向。而《致马雅可夫斯基》则明确展示了马加对抗时尚的强烈诗歌立场。总体说，四首长诗散发着强烈的雄性气息，内中也有绣花针一样的精细凌厉的痛点，当然并非不可以挑出毛病：①他的诗歌立场：宏伟、壮阔，甚至有点空旷、正义……②他的诗歌表情：沉稳、凝重，甚至有点正经、正确……③他的诗歌手艺：细微、精致，甚至有点诡异、妖艳……我的阅读缺憾是我还没有读到那种像大河奔流一样的柔软、松弛、流畅，甚至诙谐的抒情……

　　在诗的长河中，某些作品的价值，往往与其背后的时代语境紧密相连。

　　从 20 世纪 70 年代末期起，中国的诗歌大潮已经持续了 50 年。在它即将暗淡退潮之时，吉狄马加的一首首长诗，可以看作是向世界诗坛发出的呐喊。这种呐喊：①不仅仅继承和吸纳了半个世纪以来中国现代诗几乎全部先锋探索；②也回光返照式地继承了中国现代诗沉重、悲悯、受虐般的人文传统。

　　"文革"结束后，中国现代诗曾震动过国际诗界。这一次马加的诗引起各国高端诗人们的广泛关注，也足以成为中国现代诗的亮点。当年朦胧诗属于集体性闪光，但诗歌艺术上并没有被高看，国际诗坛普遍认定的结论是"回归"与"追踪"。这一次的关注是个人写作。得到的认同虽然包含了友谊因素，但国际诗界的老手们还是敏锐地嗅出了马加诗歌强悍的、稀缺的"革命性"，及其斑斓的语言能力……

说到这里，恕我使用一个老词"放眼全球"——自全球疫情后，不敏感的人们也嗅出了世界众多平衡正在发生着改变……自二战以来，本星球近80年持续的和平出现了大面积的裂罅……人类第一次全球化进程或遭受阻碍或中断……从诗歌发生学的角度看，马加长诗出现的时机恰逢当今全球某种乱局的开端。

在油腻而倦怠的和平年代，这种雄阔、强悍、凝重的诗，与冰冷而抽象的世界诗歌主潮相比，有点像粗砺的枯木出现在花草斑驳的诗歌原野……更不必说与当下中国现代诗庞杂而强大的口语时尚大相径庭……在全部汹涌向前的阵列中，总是会出现一只向后挥动的手臂……当一首诗或一个人假定性地成为全部反作用力的代言，滚滚时尚的指针微微晃动……我相信，如果没有战争与灾难，全球性的、碎片化的、极简诗歌生态背景不会轻易被改变，但马加的诗可能成为一种人文复兴式的启示，至少是一种提醒。

灵魂的辨认：诗作为生命的友谊
——吉狄马加诗歌阅读札记

臧　棣

　　"诗人是种族的触须。"

　　　　　　　　　　　——埃兹拉·庞德

　　在当代中国的文学谱系中，吉狄马加是一个非常特殊的存在。出生于 20 世纪 60 年代，按流行的诗人代际划分，按诗人享誉诗坛的方式，吉狄马加应归属于"第三代诗人"，他的诗歌风格也应被归入"第三代诗"的范畴来评价。但吊诡的是，虽然在成名之初，在论及马加诗歌的艺术特点的时候，他的高亢但充满个性的诗风，似乎曾短暂被归入第三代诗群来观察和评述，但是很快，他的诗人形象便和第三代诗人的典型做派有了泾渭分明的疏离。疏离的原因，当然是多方面的。第三代诗人的典型立场，按韩东的说法，当代诗的主体自觉，必须显示一种新的努力，对原来的基于政治抒情诗范式的"崇高风格"进行降格处置，最具有标识性的说法是"诗到语言位置"；按于坚的说法，无论我们这代诗人会冒怎样的风险，当代诗的经验必须回归常识。

　　换句话说，当代诗的想象力出发点，应该从怀疑和反讽开始。这种分野，在当代诗歌史的脉络上有一个经典案例，被大家多次提及。20世纪80年代初，在如何取材"大雁塔"的问题上，作为朦胧诗代表诗人的杨炼，和后朦胧诗代表性诗人韩东之间，曾演绎过一次激烈的风格对冲。目前的舆论倾向，至少在这一回合的诗艺较量上，肯定的舆论是倾向于韩东的。韩东的《大雁塔》，在审美风格和言说方式上，赢得几代诗人的心理共鸣。而在我看来，杨炼和韩东在如何书写"大雁塔"上的几乎无法调和的分歧，事实上，也标示了当代诗歌在诗的类型和诗的想象力方面的根本性的"疏离"。疏离的本质，就是如何对待诗的崇高书写？在颂歌和反讽之间，在作为抒情范式的赞美诗和作为克制抒情的反讽诗之间，一个人会做怎样的立场选择？而熟悉当代诗歌场域的诗人和读者都会有一个强烈的感触：第三代诗人的经典口号"反崇高"，经过韩东、于坚、尚仲敏等人的不断宣示，以及不断有新的优秀作品的呈现，已在当代诗歌场域里营造出了一种独特的风格气场；至少从文学诗的观感方面，当代诗歌的书写开始"疏离"崇高写作，甚至形成了一种对诗的崇高性的修辞清算。这方面，当代诗歌史也有自己的经典案例：1988年，在北京的幸存者诗歌俱乐部的读诗会上，多多对海子的诗歌进行了基于风格分歧的"斥责"。多多批评海子诗歌中的崇高倾向，觉得那是一种缺乏现代反思的浪漫主义的泡沫，远离严峻而真实的现代诗歌经验。从以上对当代诗歌的审美脉络的简要梳理中，我们可以看出，当代诗的风格分裂还是相当激烈的。作为同时代的当代诗人，置身于如此激烈的诗歌书写场域，一个人很难回避他必须做出的一种选择：到底是偏向日常经验的书写，还是偏向主观想象的书写。吉狄马加的选择，在我看来，一直是偏向诗的崇高写作的。

当然，这里所说的选择，主要依据我们对当代诗歌脉络的观察而做出的。就诗人自己的天性而言，吉狄马加作为一个成熟的当代诗人，也可以这样看，他从不需要做出这样的选择。或者说，引起大多数诗人的风格困惑，对他的诗歌中天然蕴含的高贵气质而言，从未形成过片刻的侵扰。

那么，这里，就有一个涉及诗歌史和诗歌阅读伦理的问题：这样的诗歌类型——言述基调的代言人色彩，修辞品质的理想倾向，语词的庄重，作为一种当代诗性经验的传达，它还是有效的吗？再进一步，这样的表达方式，从诗人气质和想象力的自觉意识方面——都天然倾向语义的崇高风格的诗，在现代诗的美学原则前面，还会造就一种真实可感的诗歌抒写吗？它如何克服来自诗的日常经验的挑战，它如何协调诗的崇高和诗的真实之间的想象力矛盾？它如何信守诗的颂歌基调，而没有丧失对人类的现实处境的犀利而敏锐的洞察。带着这样的文学史疑虑，我们再来回顾吉狄马加40多年的诗歌生涯，会发现一个独特的现象：尽管从当代诗的风格脉络上看，当代诗的崇高书写，备受孤立，也充满质疑，但吉狄马加的诗歌书写，依然是有效的。而且在我看来，不仅是有效的，而且在很多方面，比如在诗的经验的广度方面，在诗艺的平衡方面，在诗性经验的触及力方面，比起当代诗的崇高写作的其他几位同路人——昌耀、海子、骆一禾、戈麦、吉狄马加都做出了新的拓展，给出具有自己鲜明个性的语言演绎。而且，在我自己的个人观感中，当代诗的崇高写作，在吉狄马加和另一个当代诗人西渡身上，已走出了困境，获得了诗艺上的强力推进；并且，经受住了来自当代诗歌文化对这种写作类型的有效性的质疑。这其实是非常了不起的诗歌成就。

吉狄马加的诗歌取材非常丰富，他处理主题的文学能力也异常强悍；但这里，为了更有效地讨论我自己最感兴趣的话题，也是为了回应吉狄马加诗歌中最令我感佩的一种类型，我将只集中探讨他写给诗人同行的诗作——诗人致敬诗人。致敬诗人同行，作为一种文学意识，作为一种诗歌礼貌，一种生命友谊，在诗歌文化的承传中，一直都有着自己的顽强的生命力。作为一种诗歌类型，它从来没有衰落过。这也方便了我们在今天这样日益严峻的生存处境中，结合吉狄马加的诗歌，具体探讨它的时代变迁；以及它在今天的历史境遇中所蕴藏的文学意指。

这里，我依据的文献，主要来自吉狄马加的带有诗歌总集性质的作品——《火焰上的辩词——吉狄马加诗文集》（广西师范大学出版社，"时间文丛"）。这本诗歌总集，收录了诗人40多年创作生涯中各个时期的最有代表性的优秀诗作。其中令我阅读印象最深刻的，也是最有触动的作品，是诗人马加写给诗人同行的诗。首先，诗人书写的范围是世界性的，被致敬的诗人对象波及世界各大洲的诗人，从欧洲到非洲，从亚洲到美洲；有年代久远的诗人，有刚刚离世的诗人，也有依然健在的诗人。这种范围的广泛，不仅预示着当代诗人交际范围的变化，更代表着当代诗歌经验在诗人视域方面的一种深切的拓展。其次，在诗歌的品质方面，这些赠诗，不是传统意义上的诗人之间场面上的唱酬之作，而是基于更深刻的灵魂洞察，对显示在诗人同行身上的高贵的诗歌品质和诗歌使命的确认。文学史的延续中，有很多八卦性的说法——比如，文人似乎都习惯于相轻。但吉狄马加致敬诗人同行的作品中，几乎完全不涉丝毫阴郁的东西，它的基调近乎生命的讴歌，心灵的礼赞。而且，更难得的，这些赞美，绝不会流于谀词的纠缠，它们在词语的最古老的意义上符合"修辞立其诚"；作为语言的抒发，它们既是写给诗人同行的，也是写给人类的。这样的叠合，在其他诗人那里，很容易露出驾驭的破绽，在吉狄马加的致敬诗中，读者总会为诗人真诚而深刻的抒写而打动，总会出现灵魂的共鸣。

我们不妨通过简单的罗列，先明确一下吉狄马加"致敬诗"的地理范围。这里，所说的地理范围，不但是世界地图意义上的地理范围，也指向具有相同的诗人灵魂在世界各地的广泛的分布——或者，更开诚布公地讲，诗歌精神的共鸣的广泛性。这种广泛性的获得，不是自然而然得到的，而是诗人通过其自身敏锐的慧眼，在不同肤色不同国度的诗人身上辨认出来的。换句话说，如果一个诗人缺少宽广的胸怀，缺乏敏锐的共情能力，这种灵魂的辨认几乎不可能发生。这些"致敬诗人同行的诗"包括《写给我在海尔库拉内的雕像——致诗人伊莉娜·柯里斯德斯库》《词语的工匠——写给翻译家鲁博安》，长诗《致马雅可夫斯基》《谁也不能高过你的头颅——献给屈原》《纪念爱明内斯库》《流亡者——写给诗人阿朵尼斯和他流离失所的人民》《致阿蒂拉尤诺夫》《寻找费德里科加西亚·洛尔迦》《无题——致诺尔德》《不死的缪斯——写给阿赫玛托娃》《塞萨尔·巴列霍的墓地》《那是我们的父辈——献给诗人艾梅·赛泽尔》《沉默——献给切斯瓦夫·米沃什》《墓地上——献给德珊卡·马克西莫维奇》《这个世界的旅行者——献给托马斯·温茨洛瓦》《朱塞培·翁加雷蒂的诗》《身份——致马哈茂德·达尔维什》《时间的流程》《真相——致胡安·赫尔曼》《掉胡安·赫尔曼》《刺穿的心脏——写给吉茨安》《面具——致塞萨尔巴列霍》《在绝望和希望之间——献给以色列诗人耶夫达·阿米亥》《山羊——献给翁贝尔托·萨巴》《印第安人——致西蒙奥迪斯》《致尼卡诺尔·帕拉》《在尼基塔·斯特内斯库的墓地》。需要指出的是，这份看似详细的罗列，并未穷尽诗人所有和致敬诗人有关的诗作，这里，我只是依照具体的诗歌题目而进行了定向的归纳。如果按诗的主题来做更细致的梳理，在很多其他的诗歌中，诗人马加都对相关的话题有过深切的诗性演绎。

　　从诗歌动机的角度做追寻的话，这些"致敬诗"的写作动因，大都和诗人马加对现代以来的日益严峻的人类生存处境的关心密切相关。在充满危机的现代生存情境中，作为人类生命中最敏感的诗人群体——诗人自身的处境，无论是从缩影的角度，还是从典型性的角度，都折射出了更具普遍性的人类命运的时代状况。在《沉默——献给切斯瓦夫·米沃什》中，马加写道：

　　　然而，当最后的审判还未到来，

　　　你不能够轻易死去。

　　　在镜子变了形的那个悲伤的世纪，

　　　孤独的面具和谎言，

　　　隐匿在黑暗的背后，同时也

　　　躲藏在光的阴影里。你啜饮苦难和不幸。

选择放逐，道路比想象遥远。

……故乡的土墙

已成为古老的废墟。

这首诗中，对人类处境的观照，显示出一种带有总体性的情感症候。之所以会如此，和马加在这些"致敬诗"中所采取的"人类视角"有关。正是这样的诗歌视角的设置，奠定了马加诗歌的崇高倾向——对人类处境的深切关怀，严峻的审视，正视现代世界的残酷性。同时，面对废墟，马加也从像米沃什这样的诗人身上"辨认"诗人的担当——"你从未轻言放弃"。

对人类处境的总体性的洞察，也让诗人自己对诗人的命运和诗的命运的省察有了更深切的体会。马加在《群山的守卫者》这篇随笔中，谈到 20 世纪格鲁吉亚著名诗人塔比泽的悲惨身世时，他清醒地指出：面对"真正的诗人"频繁经历着的"命运多舛的打击"，"一个不平凡的时代，在造就一个伟大诗人时必须要经历的炼狱之火，而这一切都会让我们陷入更为深沉的思考"。

诗人和现实的关系，或者说，诗人的时代处境，以及通过这种深具命运意味的生存处境的洞察，一直是马加诗歌关注的思想靶心。在《致尼卡诺尔·帕拉》中，马加首先称赞了这位享誉世界的智利诗人的诗歌立场：必须反对"与人类现实毫无关系"的诗歌，因为"抽空了血液"，沦为"没有表情的词语"，变成了"空洞无物矫情的抒情"。熟悉现代诗歌审美系谱的人都知道，这种指责针对的是现代诗脉络中的"象牙塔作派"：诗人凌驾于人间万物之上，无视现实的生存状况。作为"反诗歌"的标志性人物，马加不一定都赞同帕拉的做法，但在诗歌精神上，也就是——对诗人灵魂的辨认方面，马加显然满怀热情地认同帕拉的审美态度。诗歌的灵魂，诗人存在的意义，就是必须保持对时代情绪的高度关注。否则，再华丽的诗歌，也不过是"离开了我们的灵魂"的修辞垃圾。这里，通过对帕拉的诗歌精神的积极阐释，马加其实也宣告了他自己的诗人态度：诗人必须置身于时代的核心，诗人的存在，"就是反讽一切荒诞"；通过反抗现实，反抗人世的黑暗，重塑现代诗的生命精神。

在一次演讲中，马加这样明确了诗人和时代的核心关联：

"今天的现实世界，那里正在发生着冲突和杀戮的区域，无辜的平民正流离失所，成为离开故土的难民。……诗歌和语言在这样的特定环境中，也已成为反对一切暴力和压迫的最后的武器"。

"最后的武器"，虽然是比喻性的说辞，但也包含着真实的成分，包含着诗人马加对在现今世界中诗歌所具有的伦理力量的根本性认同。当代诗歌观念中，"诗歌是无用的"很难左右相当多的诗人的态度；按照马加的诊断，诗人可以保留自己的审美偏向，但不能在诗歌精神上丧失对时代的本质洞见：在今天，诗歌之所以还有存在的必要，就是"因为跨过的金融资本，完全控制了全球并成为一种隐形的权力体系"，面对这种复杂的处境，诗歌必须通过对现实的积极的抗衡，重塑诗歌的生命力——"让人类的心灵"重新亲近"自然和生命本源"。如果要言及"诗歌精神的复苏"，舍此之外，没有别的捷径。

茨维塔耶娃不仅是俄罗斯最有代表性的诗人，也是 20 世纪最命运多舛的诗人。茨维塔耶娃一生追求生命的自由和精神的独立，却也因为这种不可妥协的灵魂诉求，深深陷入命运的陷阱和存在的荒谬。在《火焰上的辩词》中，有一首写给茨维塔耶娃的短诗《窗口》，这是我认为马加写得最好的诗歌之一：

> 你窗口有一个小小的十字架，
> 它的高度超过了所有的山巅。
> 我们仔细打量着它的大小，
> 是你的骨骼支撑悬浮的天石。
> 谁将这十字架又放大千倍，
> 让你弯腰背负着伫立大地。
> 如果没有你的牺牲和鲜血，
> 苟活的人类就不会允诺沉默。
> 走在最前面的并不是耶稣基督，
> 而是你——一个灵肉完整的女人。

这首诗的现实场景，大致源于诗人对诗人故居的一次参观，因为诗中的实物"小小的十字架"写得非常具体，又因为诗中的一个动作——"仔细打量"，指向了一次身临现场的睹物思情。但诗的节奏很快便进行了大幅度的跳跃。从具体物象延伸开来，诗的情境迅速扩展为对现代世界中的诗人和人类的命运关系的反思。诗人躯体上的"十字架"，意味着一种自觉的承担，对人类精神的时代状况主动肩负起一种深沉的责任。甚至通过"仔细打量"，马加敏锐地体察出，这种诗人的责任，不仅仅是诗人自己选择的结果，甚至也烙印有一种神圣的使命感，就像"十字架"在贴近人体时，也会显露出它是一块来自上天的石头——"天石"。回到"灵魂的辨认"，诗人的"牺牲"，献出的"鲜血"，始终在茫茫大地上，支撑着人类的希望。这种对人类精神的责任承担，作为一种生命原型的显现，体现了诗人的高贵天性。诗歌的结尾，最后两行诗句包含的对比，展现马加的一种更激进的评判：在引领人类精神，启发灵魂的觉悟方面，伟大的诗人已远远"走在最前面"，超越了"耶稣基督"。这个评价，乍一看，颇具挑战性，也容易引发争议；但联想到伟大的诗和个体生命的具体关联时，我们又能看到有些不易言说的东西，的确被诗人敏锐地捕捉到了。就诗歌技艺而言，《窗口》最感人的地方就是，整首诗歌展现出的情感气氛，全然是一种心无旁骛的灵魂对话。没有过多的枝蔓，没有过度的感伤，诗人的洞察，删繁就简，用凝重的警句般的语词有力地烘托出一幅深沉的诗人精神肖像。

　　诗人的命运，诗人和现实处境的关系，以及对这种关系的道德审视，成为马加笔下这些致敬诗人同行的诗作的核心关注。也就是说，这些献给诗人同行的诗歌，不是传统意义上的唱酬之作，而是站在关切人类命运的高度，将诗人的生命视野从个人私域拓展到全体人类的总体境况；这种拓展既奠定诗歌基调的个体超越性，又加深了诗歌主题的伦理关怀。更难得的，马加也没有回避这种诗人处境的复杂性和残酷性。

　　在献给以色列诗人耶胡达阿米亥的诗作《在绝望和希望之间》中，马加首先以锋利的笔触描写了激烈的时代冲突对诗歌精神的剧烈冲击。就像是"一种宿命"，在这个时代，诗人写下的每一首诗，都或多或少面临这样的情况：

从伯利恒出发，有一路公交车

路过一家咖啡馆时，

那里发生的爆炸，又把

一次次绝望之后的希望

在瞬间变成了泡影

……

鲜红的血迹

湿透了孩子们的呐喊

为此，我不再相信至高无上的创造力

那是因为暴力的轮回

把我们一千次的希望

又变成了唯一的绝望。

　　这里，马加以罕见的坦率呈现了一种诗歌的目光：直面，即面对现实的残酷，绝不逃避，而是直接面对；哪怕这种直面会对诗人的生命情绪造成严重的阴影。在马加看来，没有这种起码的道德勇气，那么也就不可能找到更切实的解决办法。这里，诗歌情绪中透露出的些许"迷惘"，恰恰表明了一种独特的真诚品质。诗人并没有粉饰存在的残酷，诗人的"迷惘"反而揭示出现今人类生存的复杂性：在绝望和希望之间。如果只是在绝望中，那就表明主体性已被现实击垮；如果只是拥有希望，无视绝望的根源，那又表明主体性很可能已被虚假的承诺所笼罩。在绝望和希望之间，既是对总体意义上的人类境况的一种指认，又恰如其分地揭

示出诗人的选择并不是一劳永逸的，需要和诗人自身的虚无情绪
进行反复的较量，才能确立起一种坚定的诗性道德。

　　语言的旅行，经常被人们作为一种现代文化的命运现象来提
及。对于现代诗的世界性而言，语言的旅行，有时是诗人主动发
起的审美历险，有时却意味着被动的漂泊。在马加的致敬诗中，
通过对其他国家的诗人同行的生存机遇的洞察，不仅意味着对诗
人和现代世界的深层结构的关系的体认，也意味着对在如此复杂
的处境中诗歌的使命的自觉认知。在写给立陶宛诗人温茨洛瓦的
诗作《这个世界的旅行者》中，马加以这位被迫自我放逐的当代
东欧诗人为例，痛彻地写道：

　　　针叶松的天空，将恐惧
　　　投向视网膜的深处，当虚无把流亡的

　　　路途隐约照亮。唯有幽暗的词语
　　　开始苏醒。那是一个真实的国度，死亡的
　　　距离被磨得粉碎。征服、恫吓、饥饿
　　　已变得脆弱和模糊，喃喃低语的头颅

　　　如黑色的苍穹……

　　这里，对现代世界中的现代诗人的生存处境的揭示，是非常
深刻的。诗人审视的目光，不仅来自外部世界对诗人的生存轨迹
的观察，更来自对个体生命的凄苦置身的深切省察。在艰难的处

境中，温茨洛瓦没有退缩，也没有被恐惧击垮；相反，迎着命运的打击，这位东欧诗人用坚实的言辞，谱写良知的心声，带着生命的诗性尊严一起，"穿越死亡的边界"。无论写什么样风格的诗，马加的诗人立场是，母语里必须有命运的回声。显然，诗人声音中命运的回声，可以拓展诗歌主题的节奏空间。马加诗歌中的雄浑、高迈，无疑和诗人对诗人命运的深切体察有关。

对诗人和时代关系的重视，在马加的诗人视野里，会延伸出对现代生存境况中的诗人身份的思考。我们知道，现代诗的传统中，对诗人身份的辨认和确立，一直存在着严重的分歧。按浪漫主义诗人雪莱的想法，诗人的根本身份是未被承认的"立法者"，诗人的高度代表着人类的高度，诗人的隐秘身份是人类的先知。这种确认，换一个说法，就是诗人是时代的代言人，真理的见证者。美国现代诗歌大师庞德，有过一个更形象的说法：诗人是种族的触须。这样的辨认，当然倾向于在诗人的身份中确立起一种言说的公共性。而现代诗谱系中存在的另一种做法是，强调诗人和公众的对立。比如，现代诗的起源诗人波德莱尔就持有后一种立场。波德莱尔痛斥公众的虚伪和麻木，毫无独立的见解；他强调现代诗的价值就体现在对集体性的堕落的批判上。波德莱尔对现代诗人身份的辨认，无疑更倾向于确认是世界的孤独的先觉者。诗的想象力的基础在于从自我的角度去挖掘个体生命的自由意志。所以，对现今的诗人而言，如何辨认如何确立诗人的身份，不仅涉及审美态度的选择，更关乎诗歌的言述基调和诗歌的传达方式。

在马加的致敬诗中，诗人根据自己的天性，以及自身对时代的自觉体认。他将自己的诗人身份确立为一种代言人身份。换句话说，他的选择更偏向于庞德的立场：诗人是种族的触须。对世界范围内的其他诗人同行的观察，无疑加深了他对诗人即代言人的确信。在写给马哈茂德·达尔维什的短诗《身份》中：

有人失落过身份

而我没有

我的名字叫吉狄马加

……

在这个有人失落身份的世界上

我是幸运的，因为

我仍然知道

我的民族那来自血液的历史

这里，诗人马加充满自信的告白，近乎一种诗歌立场的宣言。在对当代最著名的巴勒斯坦诗人达尔维什的灵魂交谈中，对方的诗人身份无疑唤起了对诗人形象的一种新的认识。一方面，对诗人身份的辨认应该回到族群的血液记忆。另一方面，正如马加警醒到的，对诗人身份集体性的溯源，更现实的针对性，是纠偏现代诗人的无根性状态，将诗人从"失去了赖以生存的土地"的"漂泊者"的窘境中拯救出来。这样的诗人身份的确立，无疑会影响到诗歌的抒情基调。最直接的，马加诗歌中最引人瞩目的抒情气质——赞美基调，就源于诗人对这种身份的自觉选择。

在这些致敬诗中，有一首写给秘鲁诗歌大师塞萨尔·巴列霍的诗《面具》，特别具有深意。我反复阅读过多遍，并惊叹于这首诗的用语明快，意象鲜明，却在几乎透明的文本表象背后，总能体会到诗人锐利的"审视"：

> 在沉默的背后
>
> 隐藏着巨大的痛苦
>
> 不会有回音
>
> 石头把时间定格在虚无中
>
> 祖先的血液
>
> 已经被空气穿透
>
> 有谁知道？在巴黎
>
> 一个下雨的傍晚
>
> 死去的那个人
>
> 是不是印第安人的儿子
>
> 那里注定没有祝福
>
> 只有悲伤、贫困和饥饿
>
> 仪式不再存在
>
> 独有亡灵在黄昏的倾诉
>
> 把死亡变成了不朽
>
> 面具永远不是奇迹
>
> 而是它向我们传达的故事
>
> 最终让这个世界看清了
>
> 在安第斯山的深处
>
> 有一汪清泉！

　　这里的"面具"，应该有明确的特指：印第安人的面具。一个静物，一个仪式用品，何以有资格用来献给秘鲁现代诗歌中的伟大存在——塞萨尔巴列霍。从诗歌和面具的复杂渊源上说，面具常常是诗歌反对的东西；因为面具及其用途，多半意味着伪装，意味着遮蔽真相。诗歌神圣的作用之一，就是要拆除面具，甚至是粉碎面具，将面具背后的存在真相还原给生命的真相。从这个角度，再去体味这首诗的主题意蕴，就会发现这首诗的确写得别具机杼。我给出的解读是，在马加看来，诗不是面具。因为诗中诗人已明确表达过这样的意思："面具永远不是奇迹"。但在这个复杂而阴郁的世界里，诗的存在方式常常和博物馆里面具的处境是一样的。如果没遇到知己，没有遇到具有独特眼光的审视者，那它的意义就会长久地被动在角落里。只有遇到灵魂的知己，静物才能变成活物，就像面具突然在诗人的审视下恢复了倾诉的功能，开始"向我们传达"它自己的"故事"。这首诗的深意，就在于促使人们去思索——面具是如何被激活的，这种激活反过来又是如何"让这个世界看清了"一个真相:安第斯山深处的一汪泉水。既然面具不是奇迹，那这种"看清"的认知能力本身，很可能就意味着诗是一个奇迹。因为按诗人的暗示，只有在诗歌中，人们才能完整地恢复这种古老的灵视。

　　除了对重大的公共主题的关注外，诗人之间的灵魂交谈，也成为这些致敬诗最出彩的部分。毕竟，在人类的精神生活中，真正同行之间倾心的交谈，对共同关注事物的看法的深度敞开，最能引发人们的思考；同时这种灵魂的交谈之所以能进行，又表明人类的诗歌精神在生命的底层逻辑上是可以相互交通的。写给阿根廷诗人阿利法诺的诗《时间的流程》，在我看来，就是一首很难得的诗：

　　曾有过这样的经历

　　当看见火焰渐渐熄灭的时候

　　只有更浓重的黑暗

　　吞噬了意识深渊里的海水

　　我有一个小小的发现

　　时间只呈现在空白里

　　否则我们必须目睹

　　影子如何在变长，太阳的光线

　　被铸成金币，在这个世界上

　　尽管无数的人都已经死亡

　　但这块闪光的金属却还活着

　　其实这并不能证明一个事实

　　它就能永远地存活下去……

　　从类型上，这是一首具有象征主义色彩的哲理诗。诗的用语典雅，思绪凝重，言述深沉。诗的主题是对时间和生命关联的沉思。对抒情诗的短小篇幅而言，诗的主题过于宏大，这样的诗很容易写得内容空疏，意绪浮华。怎么样才能有感而发呢？秘诀就在于马加对一种亲切的语调大胆而突然的使用——"我有一个小小的发现"。虽然诗人自谦是"小小的发现"，但其实他的发现却无关大小，而关乎一种独特的自信。有此自信，既使面对时间这样庞杂的主题，个人生命也能获得一个清醒的认知：人的存在，在时间的长河里，不过类似于一枚金币，闪闪发光，却未必能长久存在。那么，重要的，又是什么呢？按诗人的见识，答案就在于，面对时间不可逆转的黑暗吞噬，我们必须保持清醒。无论面对怎样阴郁的命运，我们都能葆有一种积极的发现能力。这种发现，关乎对生命的意义的根本见证。

注：本文引文均出自《火焰上的辩词：吉狄马加诗文集》，广西师范大学出版社，2021年11月。

温柔的吟唱者骑上空气之马
——读吉狄马加长诗《应许之地》

高 兴

美国批评家西·台·露易斯针对危机四伏的世界，曾敏锐地指出："对今天的艺术家来说，要想完全生活在现时代里，几乎是不可能的，因为现时代是一个混乱的时代。假如我们需要信仰，或者需要一种历史观点，我们就不得不转向过去，或者在某种程度上运用我们的想象力，以便生活在未来之中。"

在仔细研读之后，我们会发现，诗人吉狄马加在其全部的诗歌创作中，尤其是在最近由广西师范大学出版社出版的长诗《应许之地》中，就常常既转向过去，又在相当程度上运用想象力，将目光投向未来。但由于语境的不同，诗人更进了一步，从一开始就对所谓的"应许之地"或"未来之地"表现出足够的清醒和警觉：

你看，那里是应许之地！
当然不是上帝许诺给犹太人的礼物，
那里没有流淌着白色的牛奶。

这或许就是一块未来之地，

并非另一个乌托邦，而是现代性

在传统的笛子与球体之间

构筑的玻璃和模制品的世界。

那里星星与头的距离没有改变，

但它与我们的灵魂却若即若离，

噢！时间，你改变并终结了

我们通往永恒之路的第七种方式。

"现代性／在传统的笛子与球体之间／构筑的玻璃和模制品的世界"，长诗的这一开端开门见山，既重新定义了"应许之地"，又为整首长诗确定了基调：深沉的反思，而非盲目的抒情。

众所周知，完整意义上的时间由过去、现在和未来这三个维度构成。既然谈到未来，必然要结合现在，自然也绕不开过去，孤独的悬空的未来并不存在。诗人特别清楚这一时间逻辑，并将这一逻辑转化成了写作策略。可以说，现在时、过去时和未来时组成了长诗《应许之地》的三种基本时态。这三种基本时态相互交织，相互包蕴，自如转换，来回跳跃，既为诗人提供了更为广阔的书写和想象空间，也为文本设定了更为丰富的节奏和结构层次。诗人显然有意识地将过去和现在糅合在一起，还常常将过去隐藏在现在之中。或者，严格来说，诗人不断地从现在和未来中逃离到过去。过去因此成为最主要也最重要的时态，成为诗人的永恒时态。我们在这首长诗中看到的诗人最显著的姿态是：背依过去，面对现在，想象未来。对于过去而言，现在起到对照和反衬作用；而对于现在而言，过去又有着弥合和修复功能。诗中实际上隐含着两种未来：一种科技赢得的未来很有可能只是某种无可奈何和个性消弭，或者说某种不堪设想的现代性；另一种诗人梦想的未来仅仅是某种一厢情愿和自我抚慰，或者说某种难以抵达但我们又有必要将之当作内心召唤的境地。

长诗几乎从一开始就提及现代性，那么，何为现代性？在诗人看来，现代性首先意味着缺乏生机的标准化、同质化和网络化：

这里标准的街区经过科学的规划，
就连每天的基本食物也大同小异。
这不是卡夫卡的城堡，但对人的性质一样。
建筑材料像一块块透明的晶体，
没有泥土和四季的呼吸留下的味道。
他们的生活被网络完全的支配，
不需要真相，穿越任何一个障碍物
都能在穹顶目睹到闪烁的电子眼。

现代性导向的未来不是"一个属于马的时代，骑手的光环暗淡，／寻找马蹄铁的预言已经没有意义"，而"从远处山脊风能旋转叶片送来的问候，／告诉刚刚醒来的人类，时代已发生了巨变"，"我们失去了最后一个能完整吟唱摇篮曲的人"。

这时，比较和对照，成为诗人情不自禁运用的手法，长诗中最主要的手法，朴素，却有效。于是，在诗人的吟唱中，过去犹如镜子，又像标准，常常还是归宿：

哦，火焰！一千年智慧的集散地

曾被你照亮，从父亲传授给儿子，

怎样去迎接生，还要如何去面对死，

让母语鲜活的词漂浮于永恒的空白，

唯有火光能让围坐在四周的人

真切地看见那些黑暗中的东西。

然而在这数字化的居住区域，

能提供的并不是差异的需求，

抽象的人将完全主导这个世界。

　　显然，诗人追忆过去时，满怀着怀恋和深情，是温柔的吟唱者；而预想未来时则流露出质疑和困惑，是冷峻的反思者。温柔的吟唱和冷峻的反思恰好构成一种张力，一种节奏和一种平衡，同时在长诗中发挥着结构性的作用。我们甚至可以说，冷峻的反思，于诗人，也是温柔吟唱的另一种形式，是用另一种方式表达的最极致的温柔。

　　温柔，这是种关涉灵魂的情感，也是写作者最要紧的内在动力。波兰作家、2018 年诺奖得主奥尔加·托卡尔丘克在诺奖演说中郑重申明："我写小说，但并非凭空想象。写作时，我必须感受自己内心的一切。我必须让书中所有的生物和物体、人类和非人类的、有生命的和无生命的一切事物，穿透我的内心。每一件事、每一个人，我都必须非常认真地仔细观察，并将其个性化、人格化。"她相信，万事万物皆有灵魂，万事万物皆为存在。而灵魂，在她看来，就是"这世上最伟大的最温柔的讲述者"。她写作，是因为她要用灵魂去探索各种各样的存在；她写作，是因为她也要做一个温柔的讲述者。托卡尔丘克关于温柔的定义："温柔是人格化、共情以及不断发现相似之处的艺术。"托卡尔丘克进一步展开："创作一个故事是一场无止境的滋养，它赋予世界微小碎片以存在感。这些碎片是人类的经验，是我们经历过的生活，我们的记忆。温柔使有关的一切个性化，使这一切发出声音、获得存在的空间和时间并表达出来。"托卡尔丘克认为："温柔是爱的最谦逊的形式。是没有出现在经文或福音书中的爱。没有人对这份爱发誓，也没有人提及这份爱。这份爱没有徽标或者符号，不会导致犯罪或嫉妒。温柔是自发的、无私的，远远超出共情的同理心。它是有意识的，尽管也许是有点忧郁的对命运的分享。温柔是对另一个存在的深切关注，关注它的脆弱、独特和对痛苦及时间的无所抵抗。温柔能捕捉到我们之间的纽带、相似性和同一性。这是一种观察世界的方式，在这种方式下，世界是鲜活的，人与人之间相互关联、合作且彼此依存。"托卡尔丘克最后得出结论："文学正是建立在对自我之外每个他者的温柔与共情之上。"

托卡尔丘克在此谈论的文学当然也包括诗歌。对照之下，我们会发现，温柔这一关键词同样适用于吉狄马加的诗歌创作，甚至可以说是吉狄马加诗歌创作的核心和本质。俄罗斯诗人叶甫图申科认为吉狄马加"是一位实践的理想主义者"，称赞他的诗歌"是拥抱一切的诗歌"，实际上也就是在赞赏吉狄马加内心的温柔，正是这种温柔促使他冲破各种藩篱，注重交流、汲取和融合；正是这种温柔让他尊重故土，尊重个体，尊重万事万物；正是这种

温柔令他对家园的流失悲伤，对地球的过度开发担忧，对现代性
对人性的吞噬愤懑；也正是这种温柔让他一次又一次陷入忧伤的
思念：

那些古老的瓦板房已不存在，

它是群山的孩子，白色袅袅的炊烟

让天空和大地充满了爬行的梯子。

在山脉盆腔和腹部睡眠的磁性的族人

是太阳燧石的影子唤醒了他们。

鹰仍然在宁静的虚空瞩望移动的印记，

一只蚂蚁翻动土壤发出敏感的声音。

逻辑的马铃薯的王国，在饥饿的年代

苦荞原子的构造救活过一个种族的婴儿。

玉米的来源，在诗歌和传说里发出烘烤的香味，

半农半牧的生活，谚语不可更改的根据，

当智慧的传诵敲击奥秘之门

还是火焰用辩词的方式告诉了大家

那些隐藏于语言中的非理性的巨砾。

不可计算的红色的辣椒，阿诺苏的家园！

你以刺人眼目的银幕的方式，在每一个外墙上

挂满了秋天旺季红色迭起的组画。

　　恰如意大利作家卡尔维诺曾给出经典的诸多定义，吉狄马加
也曾说出过自己写诗的无数理由，其中有三条令我印象深刻，难

以忘怀："我写诗，是因为我在九岁时，由于不懂事打了我的妹妹，现在想起来还异常惭愧。""我写诗，是因为希望它具有彝人的感情和色彩，同时又希望它属于大家。""我写诗，是因为对人类的理解不是一句空洞无物的话。它需要我们去拥抱和爱。对人的命运的关注，哪怕是对一个小小的部落作深刻的理解，它也是会有人类性的。对此我深信不疑。"在这样的理由中，我们分明能感受到温柔的存在。可见，温柔是吉狄马加诗歌写作最原始的动力。

在吉狄马加的其他近作中，这种"温柔"同样渗透于字里行间，并以各种方式呈现。吉狄马加欣赏并钦佩那些关注民众命运、追求自由平等、反对暴力战争的诗人。我不由得想起吉狄马加的诗作《这个世界的公民——写给杰克·赫希曼》。诗中，他赞美这位美国诗人有着血性和理想，是"真正的知识分子"，是"富有热情与感染力 / 并充满传奇的世界公民"。世界公民，是一种身份，一种意识，更是一种境界。立陶宛诗人温茨洛瓦在评论吉狄马加诗歌时，称赞吉狄马加"既是民族之子，又是世界公民"。这两者其实并不矛盾。世界公民是升华了的民族之子，是提升到崇高境界的民族之子，是既具有本土情怀又拥有宇宙意识的民族之子。这样的身份、意识和境界能让一位诗人摆脱狭隘、偏见和极端，变得更加宽阔、更加深刻，更具激情、理想和同情心。

欣赏和钦佩内含着认同，意味着写作和精神上的同道和同志。在青海湖畔，我曾目睹两位诗人相见时的情景：没有客套，没有拘束，他们热烈拥抱，自然而然地互称同志。一个前提必须强调：彼时，两位诗人都已互相研读过对方的诗作，互相了解了对方的文学观和世界观。吉狄马加有一句广泛流传的口头禅："你是我上一世纪失散在他乡的兄弟。"对于他，赫希曼就是这样的诗歌兄弟。在战火始终没有熄灭，世界总是充满危机，人类似乎深陷于冷酷现实的时刻，这种诗人间的相互欣赏、钦佩和认同体现出一种尤为动人的温柔。

因此，如果说托卡尔丘克是一位温柔的讲述者的话，我愿意将吉狄马加视为一名温柔的吟唱者。

我曾在多年前的一篇文字中说过："我向来对英特网时代、全球化时代保持高度的警惕。英特网时代，全球化时代，虽然多元，虽然丰富，虽然快捷和便利，但也混乱，无序，充满喧嚣和诱惑，充满悖谬，容易让人晕眩，也容易使人迷失，忘记自己的根本。多少个性因此遭到抹杀。多少灵魂因此遭到扭曲。而英特网和全球化背景，同样容易抹杀文学的个性、特色和生命力。难以想象，如果文学也全球化，那将会是怎样的尴尬。美国有作家预言文学将最终死亡，大概就是针对这种趋势的。如此境况下，始终牢记自己的根本，始终保持自己的个性，始终怀抱自己的灵魂，便显得格外得珍贵和重要。"

实际上，《应许之地》最主要的诗歌目标便是对现代性、全球化和人类中心主义的反思和批判。

噢，你们给了足够多的水
而又拿走了仅有的一点盐。
如果没有了灵魂玛瑙上那红色的穗须
再积极的盘子又有何用？

诗人注意到，当今时代，"那些传统的游子，为时下的生存／已遗忘了词根所积蓄的全部意义。／房间里没有火塘的位置，微暗的火／只呈现于年老者渐渐风化的记忆"。

正因如此，他要通过诗歌不断唤醒记忆，点亮记忆，用记忆之光烛照现在和未来。但记忆之光足够明亮吗？记忆之光究竟还能维持多久？想到这些问题，诗人常常陷入沉默。而这种沉默，亦即无语言，恰恰是最高语言。"是自我献给传统的沉默，／不属于任何一种语言。"

长诗《应许之地》整体上具有挽歌气质，表达出某种普遍的忧虑和反思，因为回家的路已经受阻，过去的路已经消隐：

那不是回家的路，过去的小路

已隐没于漂泊者的颅底，再没有

吹竖笛的儿童在山岗上挥手，

他羊群的踪影早已消失于昨天。

峡谷的倒影投向断裂的天空。

河流被切成数字的香肠。世界的同一性。

让七月发怒的暴雨以反复无常的

恸哭，向两岸喘息的面孔咆哮。

读这首长诗时，我会不断地想到艾略特的《荒原》《空心人》《四个四重奏》等长诗，我还不禁想到了罗马尼亚女诗人安娜·布兰迪亚娜的短诗《一匹年轻的马》：

一匹年轻的马

我始终不清楚自己身处什么世界。

我骑上一匹年轻的马，它同我一样欢快。

奔驰中，我感觉到它的腿肚间

那颗热烈跳动的心。

我的心也在奔驰中热烈跳动，不知疲倦，

丝毫也没有注意到，不知不觉中

我的马鞍只支撑在

马的骨骼上，

急速中，那匹马早已解体，挥发，

而我继续骑着

一匹空气之马，

在一个并不属于我的世纪里。

（高兴／译）

　　过于地急速，灵魂已跟不上当代世界的节奏，灵魂也许已落在了"应许之地"。诗人梦想中的应许之地同家园和往昔紧密相连，特别具体，且又富于诗意和寓意：

这是应许之地，它隐匿于宇宙的另一个纬度，

它并非现实的存在，对应于时间之河的

未知的没有名字的抽象的疆域。

群山，赤脚，铠甲，苦荞，

石磨，金色的皮碗，月琴，马布，[①]

宝刀，鹰爪杯，锅庄石，

英雄结，蜜蜡，送魂经，白色的毡子，

山风，谱牒，[②]谚语，史诗，

护身符，习惯法，超度，火焰，枪，

父子连名，酒，表妹，血亲，婚配，神鹰，

智者，马鞍，服饰，

传统，火把节，勇士，火葬地，

自由的迁徙，尊严，死者，

可以赴死的，崇尚黑色的，内心的，热情的，

万物有灵的，盟誓的，亲近骨血的，

身份，认同，庄重，格局，英勇。

可是，家园正在流失，往昔已成幻影，如今，"应许之地"又在哪里？艾略特在《四个四重奏》中写道："如果时间都永远是现在，/ 所有的时间都不能够得到拯救。"在此意义上，"应许之地"也许永远都难以找到，它只能在我们的回忆中，在我们的想象中，或者说，在诗歌中，因为诗歌恰恰是调动回忆和想象的最有效的方式。

此时此刻，面对纷繁复杂的国际局势，《应许之地》，能引发多少读者的共鸣。它的针对性，它的预言性，它的普遍性仿佛已一次又一次地被现实证明。

---

①马布，彝族一种古老的吹奏乐器。

②谱牒，彝族家支的谱系，男人都能背诵。

不得不承认，读《应许之地》，我读到了诗人的温柔和深情，更读到了诗人的焦虑、忧伤和孤独。"所谓孤独，其实就是寻求梦幻而得不到满足的饥渴。"日本小说家安部公房的这句话道出了无数当代人的心境。即便如此，我们依然要寻求，哪怕骑着一匹空气之马。这或许是诗人吉狄马加通过这首长诗最想对我们说的话。

导　读

敬文东

　　吉狄马加是中国当代声名卓著、蜚声海内外的杰出诗人。迄今为止，他的作品已被译成 40 余种文字，在世界各地出版百余种诗文集。眼下这部体量不菲的文集，汇聚了不同国度、不同语种的诗人、翻译家和批评家研究吉狄马加的文章和专著，不得不说是当下中国诗歌界的一件大事。

　　本文只是这部大体量著作的一个意义渺小的导读，希望能起到领座员的作用。导游需要多费口舌，领座员仅仅是无须多言的导航而已。

＊　＊　＊

　　和许多同行一样，吉狄马加并非职业诗人；和许多同行不一样，吉狄马加自 20 世纪 80 年代中期以来，长期从事各种繁杂的行政事务和繁复的党务工作，40 年来几乎从未离开过这些格外耗费心力的重要岗位。众所周知，这些特殊的岗位需要的语言和诗人、诗歌需要的语言如果不说决然对立，最起码彼此间没多少共同性可言。

　　事实上，吉狄马加的外国研究者多从语言的角度，介入吉狄马加的诗篇。通常情况下，研究者们更愿意从诗和语言的一般关系入手，在诗学本身的层次上，看待语言之于诗的致命作用。这当然有道理，毕竟在所有的文体中，诗才是最讲究语言艺术的文类。但本书的作者之一，法国著名诗人雅克·达拉斯（Jacques Darras）却别具慧眼。他宁愿放弃诗和语言的一般关系这个通常被选取的论说角度。这一放弃产生的效果很显眼：达拉斯不仅观察到了吉狄马加面临的境地，更看出了这种境地给作为诗人——而非政府官员——的吉狄马加捎来的好处。达拉斯进而认为，吉狄马加是19世纪欧洲那些伟大的革命诗人在中国的继承者，吉狄马加是始终处于行动状态之中——而非隔岸观火与隔靴搔痒状态之中——的诗人；这样的诗人因其广泛参与的政治行动和社会行动，更有机会观察到其他诗人难以观察到的社会现实，以及现实的内核。这反而给了吉狄马加一个很好的机会：去获取"双重的语言"。达拉斯在向法国读者热情介绍吉狄马加的诗歌成就时认为：正是这"双重的语言"，让吉狄马加的诗在通常情况下大于通常意义上的纯诗，因而更具分量。

　　被雅克·达拉斯命名为"双重的语言"的那种表达方式，在另一位吉狄马加的外国研究者看来意义重大（他的文章也被本书所收入）。何塞·曼努埃尔·布里塞尼奥·格雷罗（Prof.J.M.Briceno Guerrero）在整个西班牙语文学界、思想界拥有崇高的名声和巨大的影响力。他在用西班牙语谈论吉狄马加的诗作时，给了"双重的语言"另一个响当当的名字："语言的奇迹。"这为说西班牙语的读者了解吉狄马加，打开了一扇很特别的窗户。对于"语言的奇迹"，格雷罗感慨良多：看似不可思议的"双重的语言"，将他引进了一个不熟悉却颇为奇妙的领域，但又不是通常所说的异国风光或异域风情。格雷罗说，他历经沧桑，对人类的任何事物都早已不以为奇，但让他好奇的是，吉狄马加使用"双重的语言"将那些非人类的东西吸纳进诗歌空间时，究竟是在多大程度上使"双重的语言"，并使这种"语言的奇迹"人性化了的呢？格雷罗透过吉狄马加诗集的西班牙语译本，展开了他对汉语的充分想象。格雷罗甚至认为，通过语言奇迹的人性化，吉狄马加在处理属于人的和非人的事物时，有能力将遥远的转化为眼前的，将古老的转化为当下的，以供诗人和他的读者轻轻抚摸。格雷罗颇为动情地说："就这样，我从遥远来到了近前，如此之近，以致我可以将吉狄马加看作拉丁美洲的诗人，或更确切地说，是全人类的诗人。"

＊　＊　＊

吉狄马加的海外研究者们清楚，在以汉族为绝对人口主体的伟大国度，吉狄马加既是一位少数民族（亦即彝族）的诗人，也是居于全球化和地球村当中的诗人。这应当是研究吉狄马加最基本的前提和最重要的出发点之一。

立陶宛伟大的桂冠诗人，托马斯·温茨洛瓦（Tomas Venclova），在他那篇热情洋溢的研究文章中，特意引用过吉狄马加多年前写下的一段话："我写诗，是因为有人对彝族的红黄黑三种颜色并不了解。/ 对人的命运的关注，哪怕是对一个小小的部落作深刻的理解，它也是会有人类性的。我对此深信不疑。"面对这样的告白，托马斯·温茨洛瓦的判断来得非常迅捷：吉狄马加既在捍卫弱小的民族及其语言、传统和自我认同感，同时也在以世界公民的身

份在其诗作中理解人类的人类性。毫无疑问，人类的人类性乃是
维系人类命运共同体的最为关键的要素。紧接着，温茨洛瓦从吉
狄马加的上述言论中，发现了一个早已不是秘密的秘密：这个世
界自古以来，都应该是，事实上都已经是一个最大公约数的世界。
因此，吉狄马加是在对整个世界，绝不仅仅是在对他的四川大凉
山说：我——是——彝——人……据此，温茨洛瓦很坚定地认为：
作为诺苏彝人的后代，吉狄马加是一位综合性的诗人；打一开始，
他的诗歌写作就天然地免于"地方性知识"（Local Knowledge）的
指控。温茨洛瓦充满智慧的眼力，还有他的仁慈，令中国读者格
外感动和欣慰。

　　美国人梅丹里（Denis Mair）差不多算得上吉狄马加最主要的
英文译者。和甚少中国经历的温茨洛瓦、达拉斯等人不同，梅丹
里长期生活在中国，有机会近距离地观察中国和中国人的生活原
貌。无论是对吉狄马加的老家大凉山，还是对吉狄马加众多的诗
作，梅丹里都称得上十分熟稔。直观之所以往往有推理和论证所
不及之处，就在于它的感性和直接性；梅丹里因此无须像温茨洛
瓦那样去论证，去推理，就能径直说出他的结论。在梅丹里的眼
中，吉狄马加"既是一个彝人，也是一个中国人，也是一位世界
诗人"，他三者兼容，"互不排斥"。多年来，吉狄马加的诸多诗作
和有关诗歌方面的诸多主张，让梅丹里确信了吉狄马加自身的确
信：在全球化和地球村的时代，任何种类的"地方性知识"如果
只是一味地固守自身，就注定没有前途；如果不针对最大公约数
的世界发言，或者竟然无视最大公约数的世界，专注于文化的内
循环，任何语种的诗篇都无异于自寻死路、自掘坟墓；唯有人类

的人类性在诗中得到张扬，这样的诗篇才是真正意义上属于人类共同的诗篇。

在这个极为关键的问题上，特别值得关注的是旅美华人学者麦芒。作为一个美籍中国人，麦芒对中国问题的理解、对汉语诗歌的洞悉，比诸梅丹里和温茨洛瓦天然具有直接性。他在收入本书中那篇杰出的文章（亦即《吉狄马加：我们自己与我们的他者》）中，引用了吉狄马加对自己为何写诗所做的辩解："我写诗，是因为我一直无法理解'误会'这个词。"在引用完这句话之后，麦芒的阐释很精彩。他认为，理解而非误解，才是人类之所以为人类的核心品质，才称得上人类的人类性。麦芒对此的看法，和托马斯·温茨洛瓦、梅丹里很相似。他说，吉狄马加的诗歌是开放的、包容性的。他对本民族历史、本源的热爱，和他对世界、对全人类的热爱，同样真挚而真诚。麦芒的断语简洁、坚定并且动人："这也许就是吉狄马加诗艺的成功秘诀：向世界敞开，永远做自己民族价值的确认者。任何怀疑者，质疑当今中国诗坛这种品格诗歌的存在和勃兴，这只能说明怀疑者的想象力的贫乏和枯竭。"

* * *

有眼力的外国研究者注意到一个很有趣的现象：2020年，吉狄马加写出了长诗——《裂开的星球》。这些研究者很准确地观察到，人类的人类性在这首长诗中被大强度渲染；这首诗仿佛是人类的人类性极尽表演的舞台。俄罗斯诗人维雅切斯拉夫·格列勃维奇·库普里扬诺夫在谈论到这首诗时，非常敏锐地发现：地球这颗星球的裂变，正在击穿诗人吉狄马加的心脏；吉狄马加则希望以他的整颗心脏消除这一裂变，疗治和修复人类共同的星球，缝合它的伤口。库普里扬诺夫尤其重要的发现是，为了弥合裂变、缝合伤口，吉狄马加和他的《裂开的星球》竟然有意识地求助于彝族古老的神祇，并且发出了这样的呼唤：

> 哦，女神普嫫列依！请把你缝制头盖的针借给我
> 还有你手中那团白色的羊毛线，因为我要缝合
> 我们已经裂开的星球。

这个发现堪称意义重大：古老的神话没有因为它的古老而丧失自身的价值。它不仅依然能够有效于当下的世道人心，而且因为它从未丧失自身价值的古旧特征反而更具有人类性。为此，库普里扬诺夫很郑重地说："是的，我们应该向我们的神话和我们童话中善的魔法中的文化英雄求助，我们的邻居在自己的英雄和魔法的求助中为我们找到了出路。"无独必有偶，塞尔维亚诗人、学者德拉根·德拉戈伊洛维奇（Dragan Dragojlovic）在他的文章中，引用了《裂开的星球》中的一行诗句："所有的动物和植物都是兄弟。"而这种天下万物皆为兄弟的意识，正是伟大的彝族经典《勒俄特依》的主旨之一。接下来，这位吉狄马加的东欧研究者自然会发问：为什么人类不该明白他们有共同的命运，他们也必然是兄弟呢？不用说，人类的人类性尽在其中。

对此，保加利亚翻译家、小说家兹德拉芙卡·叶夫季莫娃（Zdravka Vassileva）另有慧眼。她以女性天生的敏感发现：在《裂开的星球》看来，这颗星球不仅只有过去、现在，还有将来；吉狄马加评价人类成就的基本维度是人类个体、种族和人民之间的平等。这位女性

研究者还从另一个角度，揭示了《裂开的星球》中蕴含的人类的人类性。叶夫季莫娃认为，吉狄马加不仅从本民族的神话中提取营养，整个人类文明都是吉狄马加的诗歌库存。她特意指出：吉狄马加的观察能力和对于生活领域的洞察力，被人类的伟大思想家和艺术家们所发展的主张有力地强化，例如帕尔米罗·陶里亚蒂、皮埃尔·保罗·帕索尼里、安东尼奥·葛兰西、胡安·鲁尔福、塞萨尔·巴列霍、斯蒂芬·茨威格、安东尼奥·马查多、谢尔盖·叶赛宁、扬尼斯·里佐斯、尤尔根·哈贝马斯、乔治·奥威尔，以及其他许多人，他们的作品铺设出人类思想和社会进步的新路。如果把叶夫季莫娃和德拉戈伊洛维奇等人的观察相结合，更能让吉狄马加的全球读者明白一个简单的道理：古老的中国依然有一颗少年心。

　　欧金·乌里卡罗（Eugen Uricaru）是罗马尼亚的著名小说家。面对《裂开的星球》，他提供了另外的理解：这首长诗中蕴含的形而上维度毋庸置疑，但其中的现实主义维度亦然。欧金·乌里卡罗很形象地认为，吉狄马加在拉响警报，一个充满痛苦和眼泪的信号，一个呼吁在他人痛苦面前保持心灵敏感的信号。在此基础上，欧金·乌里卡罗有更进一步的阐释：这是一场拯救人类自身的星球的战役。我们暂时不知道我们生活的准确钟点，但是我们知道剩下的时间已经有限。欧金·乌里卡罗从《裂开的星球》中获取的启示也许是：这个有限的时间属于全人类；抓紧有限的时间自救，是全人类共同的任务。

＊　＊　＊

　　必须要承认，西方中心主义几乎是一个根深蒂固的客观存在，至今难以被撼动；英语则近乎于一种帝国主义语言，自以为比其他语种更具有优越性。这在文学上带来的后果是：中国当代文学在国际上普遍被冷遇；在大多数时候，西方人更愿意视中国当代文学为观察中国社会的材料。文学的文学性被降解了。更有意思的是，从 20 世纪 80 年代中期开始，中国电影界开始以西方人看待中国的眼光来看待中国，这样的电影被西方接纳，并频频获奖，因为西方人自以为看到了他们想看到的中国。紧接着中国电影界的是中国美术界，再接着是中国小说界，再再接着的是中国诗歌界。甚至有人公开声称：如果他的诗不翻译成英语，就是失败的诗。

　　从最为善意的角度讲，这种情况的出现首先是因为中国太复杂，很难被外人所理解。在为吉狄马加的诗集葡萄牙语译本作序时，若泽·路易斯·佩肖托（José Luís Peixoto）说得很客观："中国广袤无垠，其巨大的体量还会被我们遥远的观察距离所强化，这种广袤经常会让人意识不到其内部惊人的多样性。"理解当然是困难的；但理解的前提，从来都应该是公正和共情，尤其是共情。中国读者很欣喜地看到，随着中国综合国力的提升，更多西方人更愿意从中国的角度看待中国，看待中国诗人、作家讲述的中国故事，讲述中国人自己的情感生活。但这同样是难以理解的。不妨倾听一下阿根廷著名诗人罗伯特·阿利法诺（Roberto Alifano）在面对吉狄马加讲述中国故事的诗篇时，是怎么说的："创作——发自诗人内心之物——立足于自身并提供另一个空间，另一个维度，另一种声音和另一种寂静。当一切都是这样、那样，都是'一切'的源泉，当这一切自然地在东方人的眼前浮动时，用我们西方人的眼光来观察是何等的困难！"这是诚实的态度，它来自宽广的胸襟，但它首先是被吉狄马加从人类的人类性出发诚实地讲述中国的故事深度有染。

　　归根到底，文学的本质就在于它必须探索人在宇宙中的地位，在时间中的命运。它天然呼唤人类的人类性，它渴望来自同类的理解，它渴望交流。如今，吉狄马加的诗文在全世界发行，它起到的作用首先是让西方人了解中国，就像雅克·达拉斯说的那样："从遥远处，从法兰西，新中国像是一个不清晰的磐石般的强国。无疑，这是一个滞后的观察结果。现代的中国在前进，今日的中国在变化，在它的各种构成中寻求平衡，十几亿男女的行为无法临时安排。所以，应该细心倾听活在语言最深处的诗人们，以便把握这个大国的大致发展方向。"吉狄马加的诗文在《裂开的星球》上广泛发行有一个重要启示：它也许可以从人类的人类性角度弥合裂开的星球，也像雅克·达拉斯向法国读者介绍吉狄马加时说过的那样：

　　他处于诗篇和神话的交界处。他背靠着整个彝民族。它赋予他几乎永恒的时间意义，以及他高山的视力，高山上雄鹰的视力，明察平原上的现代变化。

在吉狄马加诗歌及跨界研讨会上的发言

龚学敏

在青海高原上，探讨吉狄马加先生的诗歌艺术及其跨界影响，我觉得其意义远远胜过一次单纯研讨一个门类成就的会议。吉狄马加，这位杰出的彝族诗人，以其独特的民族情怀和国际视野，在中国当代诗坛上独树一帜。他的诗歌作品不仅根植于彝族的历史文化传统，还得益于青海高原辽阔的天空和天空下广袤的大地，以及居住的族群，和他们丰富多彩的民族文化的浸润。可以讲，吉狄马加的诗歌，由此，更加显现其融入当代文学的大家风范，并且，向世界发出了独特的声音。这点可以以他的长诗《我，雪豹……》作为代表。

吉狄马加数十年的诗歌创作一直坚持着诗歌语言的优美，意象的丰富，充满浓郁的民族色彩和深刻的哲理思考。在吉狄马加的笔下，我们看到了一个充满生机与活力的彝族世界，并由此感受到他对民族文化的热爱和对人类命运的思考。宏大的叙事和气魄，深邃的思想，以及独特的表达方式，为吉狄马加诗歌获得了广泛赞誉。不论是诗歌语言，还是题材，无不呈现出其对人类命运和共同价值更深层次的思考。包括从彝族的史诗出发，至当下更为广阔的世界视野，都用诗歌展示出其认知的敏锐。吉狄马加的诗歌对自然、生命的深刻认识，在当下显得尤其值得研究。人类生存的现实环境正面临着从未有过的变化，甚至考验。而他的诗歌正是在这样的情形下，表达出了一位诗人更深刻的思考，甚至是寓言。

关于吉狄马加的跨界影响。作为一位具有国际影响的诗人，他不仅在诗歌创作上取得了卓越成就，在文化交流等领域发挥了重要作用。他的诗歌作品被翻译成多种语言，在世界各地广泛传播，为中国文化"走出去"做出了积极贡献。与世界各地的诗人、作家进行深度交流，推动了不同文化之间的相互理解和尊重。从而增强了中国文化的国际影响力，也为世界文化的多样性做出了重要贡献。

我想讲的跨界，不仅是吉狄马加的诗歌艺术和跨界，而是其在诗、书、画之间的跨界。吉狄马加除了杰出的诗歌成就之外，还在书法，绘画方面带来全新的艺术感受。

吉狄马加书法最突出的特点是其独特的艺术风格和深厚的文化底蕴。他的笔墨沉着厚重，既保留了传统书法的韵味、意趣，又融入了个人的创新元素，形成了碑风帖韵的诗意和浩渺空蒙的诗情。这种风格不仅体现了吉狄马加对传统文化的深刻理解，也展现了他作为当代艺术家的独特视角和创新精神。同时，他的书法作品往往伴随着自己的诗作，书贯诗意、诗润书情，进一步凸显了其书法作品的独特魅力和文化内涵。

吉狄马加的绘画作品中有着强烈的彝族文化烙印。他血脉深处的彝族文化,以及其思维方式和审美观念,和对世界的观察方式,使他的作品呈现出独特的艺术形象，既有独特的民族特色，又是丰富多彩的现代表达。诗意般生成的艺术，将个人的生命体验融入其中，通过绘画表达对生活的感悟、自然的敬畏，以及对生命、自然和宇宙的思考。

　　我讲这些的目的，不是对吉狄马加在诗、书、画各个领域成就的个人认知，而是想提出关于诗、书、画跨界的，一个当下的想法。古代的文人书画，是中国传统文化艺术中的瑰宝，它不仅仅是一种绘画形式，更是一种融合了文学、书法、绘画以及文人雅士精神追求的综合艺术体现。文人书画的特点在于其深厚的文学修养、书法功底和绘画的技艺与营造的意境。古代的文人画家们往往是诗词歌赋的佼佼者，他们将诗词的意境、书法的笔触与绘画的构图完美融合，使得每一幅作品都充满了诗情画意和书卷气。这种融合不仅提升了书画的艺术价值，也赋予了它们更深厚的文化内涵。那么，现在存在一个问题，那就是我们今天还能够用古代的标准来讲文人书画和诗书画一家吗？

　　首先是诗。诗歌发展到今天，旧体诗与新诗的区别已经不是同一个评价标准。古代诗人与新诗人眼中的世界，以及他们观察世界的方式和办法，包括内心的表达已经截然不同；其次是书法。书法最初是实用工具，然后被文人们赋予了精神的力量。但是，书法到现在已经发展成一种纯粹的艺术，成为非物质文化遗产。最后是绘画。古时文人作诗、绘画都讲意境，而今天的诗人作诗讲的是意象，绘画表达的是内心的感受。诗书画这三个方面不管是文人本身处的时代——从农耕文明到现在的工业化、信息时代，其外在的形式和文人的内心世界都已发生了根本性的变化。

　　为此，我认为对吉狄马加诗歌的跨界研讨，应该更多地从吉狄马加诗书画的现代性发展这一文化现象入手，就其这一文化现象的现代意义进行深入的研究。时代需要现代意义上的文人书画，更需要现代意义上的诗书画一家。也就是说，需要对现代意义的文人书画和诗书画一家进行定义。这一点，作为一种文化的发展，尤为重要。

火的想象力，或为了一种伟大的完整
——吉狄马加读札

何言宏

    吉狄马加是一位形成了自己的诗歌文化的杰出诗人。他不仅创作了许多相当重要的诗歌作品，还以其独特的诗歌思想和具有广泛影响力的诗歌行动，使得他的诗歌文化内涵丰富、深邃博大。这也决定了，我们对于马加的研究，实际上只有从不同的方面入手，才能相对完整地接近马加、读懂马加，进入马加的诗歌世界。我在这里所尝试的，是想从我以为较为核心的方面，来很初步地理解马加。而此核心，实际上就是"火"。

    马加为彝人，他对自己的彝族身份有很强烈的身份认同，这在他的很多诗篇、演讲、访谈和论著中，都有很突出的体现。"我——是——彝——人"，这样的声音，响彻和回荡在马加的全部创作中。在历史悠久、深厚丰富的彝族文化中，对火的崇拜，处于重要的中心性地位。所以，马加写过很多关于火的诗篇，著名的比如《彝人谈火》：

    给我们血液，给我们土地
    你比人类古老的历史还要漫长

给我们启示，给我们慰藉

让子孙在冥冥中，看见祖先的模样

你施以温情，你抚爱生命

让我们感受仁慈，理解善良

……

当我们离开这个人世

你不会流露出丝毫的悲伤

然而无论贫穷，还是富有

你都会为我们的灵魂

穿上永恒的衣裳

　　除了这首专门"谈火"的诗篇，马加还曾多次写过火塘、写过火焰。他在《不朽者》一诗中，写"彝人的火塘"是"世界的中心，一个巨大的圆"。在《火焰与词语》中，他写"我把词语掷入火焰／那是因为只有火焰／能让我的词语获得自由／而我也才能将我的全部一切／最终献给火焰"。马加的词语、马加的诗篇，仿佛全都经历过火的淬炼。火的纯粹、火的热力和火的浩大与磅礴，正是马加诗篇的根本性特点。

一

　　谈到火，谈到火与诗，我们就会想到法国学者巴什拉关于元素的诗学，特别是其中关于火的精神分析。在巴什拉可以称之为物质想象力的诗学理论中，对火的想象力尤为重视。而在他所揭示的诸种火的想象力模式中，诺瓦利斯情结所追求和具有的"内在的热力"，最为接近马加的创作。马加关于火的诗篇，自然继承和体现了彝人的火崇拜文化，但我以为，"内在的热力"，才是马加对彝族文化——特别是其中火文化的更具根本性的继承。实际上，火的热烈、火的激情，正是马加诗歌的基础情调。海德格尔在讨论荷尔德林诗歌的时候，曾经指出："诗人从一种情调而来进行言说，这种情调规定了基础与地基，并且贯通性地调谐着一个空间，诗性之道说在这个空间的基础上，在这个空间之中，创建了一种存在。我们将这种情调命名为诗歌的基础情调"，只有基础情调，才是诗人与诗作最为可感的个体自我与诗歌本体方面的基本特征。在此意义上，火一般的激情与热烈，正是吉狄马加诗歌的基础情调，是马加诗歌源自彝人、作为彝人的核心与秘密。某种意义上，中国新诗开始于两场烈火——先是郭沫若的《凤凰涅槃》，后是鲁迅《野草》中的"火"——同样钟情于"火"（"火把""太阳"与"光"）的诗人艾青，终于在马加这里获得了同时具有个体性、民族性与人类性意义上的深入、拓展与提升。

二

不管是作为词语，作为意象和语码，还是作为火一般热烈的激情，作为一种基础情调，火的想象力，都很突出地贯穿于马加的诗篇。我一直以为，在马加的创作中，如果一定要确认某一诗篇作为其代表作的话，肯定是他的长诗《我，雪豹……》。正是在这首诗中，"我／雪豹"，"燃烧如白雪的火焰"，又一次体现了诗人火的想象力。火的主题、火的激情，及其所实现的诗学效果和所达到的诗学高度，让我们惊叹、让我们着迷。

星空、火焰与光芒，一直是吉狄马加所钟爱的诗歌主题，在他的长诗《我，雪豹……》中，这一主题一开始就横空出世，震撼地冲击着我们：

> 流星划过的时候
>
> 我的身体，在瞬间
>
> 被光明烛照，我的皮毛
>
> 燃烧如白雪的火焰
>
> 我的影子，闪动成光的箭矢
>
> 犹如一条银色的鱼
>
> 消失在黑暗的苍穹

闪电一般迅疾的诗句仿佛使雪豹劈空而来，瞬间进入了我们的视野。自此开始，诗人以雪豹自况，展开了他宏阔高迈、深沉动人的交响诗一般的抒情。

对于这首诗，正如其副题及与其相关的注释所明确限定与指向的，我们很容易就会将它看成是一首"生态诗"，诗中的生态主题实际上也非常突出，无论我们对这首诗作怎样的解读，我们都无法回避这首诗的生态意识，而且我以为，即以此诗对于生态主题的表现与思考，在当下中国的诗歌写作中，其自觉、其深度，以及其诗学与诗艺上的独特成就，就已经显得非常突出。但是在另一方面，生态主题又并不只是这首诗的全部，某种意义上，它其实又被包含于另外一个更为宏大的主题，这就是对完整性的捍卫和对完整性的渴求。为了一种伟大的完整，正是马加这首诗的基本主题。

"激情和完整"，是墨西哥伟大诗人奥克塔维奥·帕斯诗歌的基本特点，作为深受帕斯影响并对帕斯深深喜爱的诗人，吉狄马加同样具有这样的特点，但是在马加这里，激情与完整，一方面具有新的非常独特的精神文化内涵，另一方面，也置身于和帕斯极为不同的全球化背景与本土语境中，具有新的意义与价值。所以在实际上，我们毋宁可以说，在人类历史特别是诗歌史、文学史上，存在着一个充满激情地捍卫完整、表达着对完整性追求的精神谱系和精神群体，马加和帕斯，都是这一群体和谱系中具有独特气质的精神个体。

三

在马加这里，他对完整性的捍卫与追求，主要表现在他的充满尊严的生命意识、自觉的族群意识和面向永恒的宇宙意识。

在《我，雪豹……》中，我们经常能够感受到诗人孤独、顽强和独当苦难与虚无的生命意识。说实话，在读到马加的这首诗前，我对雪豹虽有听闻，但并不很了解，也就是在读了这首诗后，才进一步了解这一主要生长和繁衍于中亚地区高海拔山地与高原的凶猛野兽，并且为它所彻底震慑。我一下子喜欢上了雪豹，并且对它充满敬意。对于猛兽，我原来非常喜欢雄狮，喜欢它的壮阔与雄美，但对它总爱扎堆与成群，一直略有遗憾。狮可称王，是以它对群小的征服与统辖作为基础的。真正的王，是要能够独当宇宙，独当虚无，独自承担起它面向时间与死亡这一深渊的无以逃脱的命运。而马加诗中的雪豹，才算得上是真正的王者——

> 我是雪山真正的儿子
> 守望孤独，穿越了所有的时空
> 潜伏在岩石坚硬的波浪之间
> 我守卫在这里——
> 在这个至高无上的疆域

在众多生命都难以存活的苍茫雪山中，"在这个至高无上的疆域"，作为王者的雪豹守卫、巡弋、潜伏与搏杀，吞噬着岩羊、旱獭和种种鼠辈，生命形成着天意般的完整与循环，即使最后终至于殒命，雪豹也保有着自己的尊严——

> 原谅我！我不需要廉价的同情
> 我的历史、价值体系以及独特的生活方式
> 是我在这个大千世界里
> 立足的根本所在，谁也不能代替！

这就是雪豹，就是具有着自己的历史和价值体系的完满独特和悲壮的生命个体。

四

雪豹的历史，实际上就是它的血统，它的由无数个先辈与祖先组成的族群谱系——

毫无疑问，高贵的血统
已经被祖先的谱系证明
我的诞生——
是白雪千年孕育的奇迹

我们注定是——
孤独的行者
两岁以后，就会离开保护
独自去证明
我也是一个将比我的父亲
更勇敢的武士
我会为捍卫我高贵血统
以及那世代相传的
永远不可被玷污的荣誉
而流尽最后一滴血

我们不会选择耻辱
就是在决斗的沙场

我也会在临死前

大声地告诉世人

——我是谁的儿子！

因为祖先的英名

如同白雪一样圣洁

从出生的那一天

我就明白——

我和我的兄弟们

是一座座雪山

永远的保护神

我们不会遗忘——

神圣的职责

我的梦境里时常浮现的

是一代代祖先的容貌

我的双唇上飘荡着的

是一个伟大家族的

黄金谱系！

　　追溯、认同和自豪于一个伟大家族的黄金谱系，一直是作为彝人的马加诗歌的常见主题，全球化时代身份认同的切要与焦虑，在中国，最为突出地表现于吉狄马加的诗歌创作，也是他区别于其他中国诗人的重要标志，他的重要性、独特性，以及他的世界性影响的基本原因，很大程度上，也在于此。

五

　　马加的诗歌具有突出的宇宙意识。在《我，雪豹……》中，闪电般出场的雪豹一开始就置身于宇宙之中，流星与苍穹，以及后来不断出现的"荒野""雪山""地球""坠落的星星""宇宙的海洋"和"宇宙的秩序"等意象，都使得诗作具有无比阔大的"宇宙感"，诗人的抒情和诗人对于雪豹命运的书写便展开于如此阔大的宇宙空间。由于诗人对雪豹的精神与生存及其命运的坚实书写，这一空间不仅没有造成诗意的空阔，反而使得诗歌的主题和诗的意涵更加深邃和更加旷远，一种虽然根基于个体生命、认同于地上族群的激越抒情，由于对星空的仰望和对宇宙的念想，获得了一种无限的超越和无限的完整。自我、族群与宇宙，《我，雪豹……》三位一体，体现了一种伟大的完整。正是为了伟大的完整，马加才以火一般激情地为我们，同时也为我们的时代奉献上了这样的诗篇。在我们的文明、我们的时代，以及更加具体的诗歌史和文学史的意义上，完整性的意识和完整性追求，正应该被我们充分认识。

大凉山的诗歌和声

尹汉胤

20世纪80年代，来自四川大凉山的彝族诗人吉狄马加，以其独特生活意境的诗歌，为那个时代吹来了一股清新的诗风，即刻引起了诗歌界和广大读者的关注喜爱。自此，吉狄马加便以激情洋溢的连篇佳作，不断带给人们以惊喜。时至今日，已驰骋诗坛40年的他，依然保持着对社会生活的敏锐观察，不断以宏阔深远的主题，感人至深的优美诗歌，关注着人类生存的终极问题。

2019年，他以黄河源头为起点，气势恢宏地写下了一首《大河》——献给黄河的长诗。此诗在《十月》一经发表，便引起了社会的强烈反响。在这部长诗中，吉狄马加以中华母亲河——黄河为历史脉络，贯穿古今，俯仰天地，以雄浑深远的诗句，对中华五千年文明史，进行了一次波澜壮阔的历史回溯。大气磅礴的诗句，犹如黄河壶口奔涌的狂涛，声震天地、一泻千里。

这部负载着中华文明历史起源的诗歌，被他称为是一种宿命，一项神圣的责任和使命。在这部长诗中，不仅蕴积着黄河与华夏大地因缘际会，和合而生的历史进程，更昭示着中华民族多元一体绵延不绝的家国情怀。尤其在诗中展现出的放浪形骸、九曲回肠、一往无前的大河气象，感人至深发人深省地引起了国人的内心共鸣。

在波澜壮阔的《大河》长诗中，吉狄马加将中华民族在黄河的哺育下，形成的辉煌灿烂的人文历史，以诗情画意的诗性表达，感人至深地唤起了当代国人的民族情怀。著名作曲家郭文锦在阅读了这首长诗后，以不可抑制的创作激情，将这部长诗谱写成一部音乐诗剧。以舒缓宏大的交响音乐，将这部抒情长诗，浸润在九曲黄河妖娆舒缓的旋律中、黄河壶口高亢咆哮的狂涛中……以动人心魄的交响乐，激动人心地烘托出了《大河》深邃的主题。在唤起当代国人历史记忆、民族情感的同时，在高亢舒缓的音乐背景中，诗情画意地浮现出了中华大地的壮丽山河。

出生在四川大凉山的吉狄马加，自幼便聆听着祖先威武不屈的故事长大，从而在其幼小的心灵中，形成了强烈的民族自豪感。同时在其成长的过程中，耳闻目染地在内心深处，隐隐地听到了发自原乡的心灵召唤。彝族祖先创造的充满神性的历史文化，在其内心深处，潜移默化地形成了万物有灵的生命意识。面对民族世代生存的茫茫大凉山，使他在内心深处萌生出了一种强烈的情感表达愿望。当他写下第一首赞美大凉山民族祖居地的诗歌时，感觉在这一刻，自己的身心才水乳交融地与大凉山融为一体了。自此，他便将彝族口耳相传、充满神性的历史人物故事，山水草木，牛羊牲畜……化为自己诗歌创作不竭的文学源泉。

中国众多的少数民族，在各自漫长的历史发展进程中，大多形成了自己民族独具特色的历史文化，创造了自己民族的英雄史诗。彝族是中国最古老的民族之一，其世居地分布于滇、川、黔、桂地区。四川大凉山，是中国最大的彝族聚居区。在相对封闭的历史环境中，大凉山彝族完整地保留了民族的历史文化形态。在浓郁的彝族文化熏陶中长大的吉狄马加，与生俱来感同身受地向往着诗和远方。

当中国新时期文学春天来临时，吉狄马加便将自己民族坚韧不拔的生活、真挚朴素的民族情感，以独具审美意识的诗歌呈现在世人面前，立刻引起了诗歌界的关注和广大读者的喜爱。其诗集《初恋的梦想》荣获了中国第三届新诗奖，《一个彝人的梦想》荣获了全国少数民族文学创作奖。由此，吉狄马加的诗歌，便以浓郁的民族生活气息、独具特色的审美意识、新颖别致的意象表达，成为新时期中国代表性的诗人。其诗歌被翻译成多种文字介绍到世界，同样赢得了各国读者的喜爱。近年来，吉狄马加的诗歌不仅被国际诗歌界所关注，更被各国翻译家译成多种文字，在世界30多个国家出版了60余种诗歌版本，并荣获了多个国家的诗歌奖，跻身于世界知名诗人的行列。

纵观吉狄马加的诗歌创作，其作品不仅数量丰厚、题材广泛、意境深远、语言独具特色，而且以开阔的文学视野，始终关注着人类社会生存发展的主题。尤为难能可贵的是，在其诗歌创作中，他始终坚守着自己民族的文化立场，将古老独特的彝族历史文化，作为自己诗歌创作的历史文化底色，以人类生存发展的历史视野，关注着不同民族、不同文化、不同地域人们的现实生活，以自己独立的文化视角、诗意内涵、情感表达创作的诗歌作品呈现给广大读者。

世代生存在茫茫大凉山的古老彝族，是一个独立文化发源地。

在他们一脉相承的民族血液中，鲜明的传承着强悍不屈、崇尚英雄的民族精神。在这种古老民族文化熏陶中长大的吉狄马加，自然形成了他崇拜祖先、热爱故土、坚韧不拔、豁达豪放、深刻敏感的山地民族情怀。

在《献给吉勒布特黑绵羊的颂歌》一诗中，吉狄马加以自己民族精神象征的黑绵羊为文学形象，写下了这首饱含民族历史情感的赞美诗。

> 黑色的绵羊，你的家族
>
> 充满了久远的
>
> 传说和今天的故事
>
> 在古老的典籍和祭司的经文
>
> 你的名字从未缺席
>
> 在史诗的每一个部分
>
> 被反复引用的谚语的核心
>
> 你的存在，毫无疑问
>
> 已经在我们的意识里
>
> 谁也无法将它抹去。
>
> 但是我今天仍然想作为
>
> 你忠实的朋友
>
> 为你奉献一曲颂歌，并成为
>
> 后来者的一员
>
> 尽管我的琴弦才刚刚苏醒
>
> 火焰与烈酒

还没有点燃我的喉咙

先报上我的名字吧

吉狄·略且·马加拉格

来自达基沙洛，或许你有过耳闻

古侯①最显赫的部族曾在

这里扬鞭策马

我们只知道第一，不知道第二

据说今天的诗人

已经无法面对万物抒情

不！我就是一个特例

那是因为我精神和现实的故乡

还没有遗忘她的游子

她仍然在那里，为一个诗人的

到来而欣喜若狂……

　　从古至今与彝族共生于大凉山的黑绵羊，深得彝族人民的爱戴尊重。在吉狄马加的这首诗中，他一往情深地将黑绵羊视为山地民族的精神象征。不仅在诗中赞美了黑绵羊坚韧不拔的生命精神，更饱含深情地将其视为彝族相互依存的生命伙伴。当故乡人民读了吉狄马加的这首诗后，发自内心地被诗中黑绵羊顽强的生命形象所感动。立刻引起了大凉山彝族人民的情感共鸣。在故乡人民的共同呼吁下，一座宏伟的黑绵羊雕塑，赫然矗立在了大凉

①古侯：彝族历史上最著名的部落之一。据记载，凉山彝族均为古侯、曲涅的后代。

山布拖中心广场，并将吉狄马加这首饱含深情的"黑绵羊颂歌"诗，以彝、汉两种文字镌刻在雕塑的基座上。由此，这座黑绵羊雕塑，便成了彝族人民的精神象征。

作为大凉山彝族诗人，吉狄马加与生俱来拥有着一种强烈的民族自豪感。这种强烈的民族自豪感，构成了他诗歌创作的强大精神力量，从而使他始终充满自豪感地站在大凉山之巅，以宽广博大的国际视野，深厚的民族情怀，回眸着民族发祥地大凉山，畅想着人类美好的未来，以诗歌唤醒人类的良知，放弃战争杀戮，回归美好和谐的安定生活。为此，他经过深思熟虑，在社会各方面的大力支持下，在大凉山沉静的邛海湖畔，建起了一座彝族建筑风格的诺苏艺术馆。

走进这座充满文化艺术气息的艺术馆，仿佛走进了一座蕴藉着厚重历史年代，又散发着现代诗情画意的艺术长廊。在两层的建筑中，以别出心裁的展陈布置，将这座艺术馆布置为高低错落，曲径通幽，犹如跳跃的诗歌般引人入胜的展陈效果。

沿着展览线路走去，不禁让人看到了琳琅满目的中外诗歌版本、绘画、照片、工艺品……更令人惊喜的是，在一路参观的过程中，竟然不期而遇地在这里见到了秘鲁诗人塞萨尔·巴列霍、捷克诗人雅罗·斯拉夫、俄罗斯诗人弗拉基米尔·马雅可夫斯基、波兰诗人切斯瓦夫·米沃什、罗马尼亚诗人卢齐岸·布拉加、匈牙利诗人阿蒂拉·尤若夫、中国诗人艾青、土耳其诗人纳齐姆·希克梅特、希腊诗人扬尼斯·里索夫、古巴诗人纪廉、法国诗人勒内·夏尔、吉尔维克、苏格兰诗人麦克迪尔米德、俄苏诗人茨维塔耶娃、德国诗人策兰、美国诗人弗洛斯特、法属马提尼克诗人塞泽尔、塞内加尔诗人桑戈尔、爱尔兰诗人叶芝……面对一个个神态各异、充满艺术感的诗人雕塑。感觉好像是在穿越历史时空，与不同时代的世界诗人在这里不期而遇。原来远隔千山万水，跨越历史文化的各国诗人，竟然以诗歌的名义悄然地汇聚在中国大凉山的邛海湖畔。

从古老封闭的大凉山走进新时代的吉狄马加，在大学期间便开始了如饥似渴的文学阅读，从而被同学称为最熟悉中外文学的彝族诗人，也使他始终以开阔的国际文学视野，不断开拓着中国文学的新领域。在任职青海省委宣传部部长期间，他便富有远见地创办了"青海湖国际诗歌节"。以"人与自然，和谐世界"为主题，在青海湖畔建立了一座世界海拔最高的诗歌广场，设立了"金藏羚羊国际诗歌奖"。这一诗歌节被国际列为当代世界最著名的国际诗歌节之一。时至今日，这一体现中国诗歌主题的诗歌节，已成功举办了七届，在国际诗歌界产生了巨大的文学影响。

与此同时，吉狄马加还卓有远见地在大凉山彝族的祖居地达基沙洛，创办了一个充满彝族历史文化风情的诗人之家。每年有计划地邀请中外诗人来到这里，让各种历史文化背景的诗人们，置身在古老的彝族祖居地，在浓郁的彝族传统生活氛围中，暂时放下彼此固有的历史文化偏见，置身在厚积着古老彝族文化的祖居地，俯望着连绵起伏的大凉山，聆听着风中传来的彝族先民声息，以诗歌的名义在这里平等对话交流，在大凉山巅发出了人类命运共同体美好诗歌和声……

以诗人的手艺，缝合星球的裂纹

——吉狄马加《裂开的星球》读后感

李　南

全球性疫情改变了一切：生活方式、思维方式、消费方式……面对现状，生与死这一终极问题再次让人们有了纵深化的思考。当诗人们被这突如其来的变故惊得目瞪口呆，丧失了言说能力之际，诗人吉狄马加以疫情为切口，开始了他长久以来的思辩。初读《裂开的星球》，被诗中一股强大的气流裹挟，这种气流贯穿全诗，直到尾声也不曾减弱，使读者酣畅淋漓，大呼过瘾，在我们享受语言狂欢的同时，也涤荡了心灵的尘埃，再度调动了我对长诗的阅读感受力。恰逢此时，我正在读沃尔科特的长诗《奥麦罗斯》，正好对长诗的阅读有了状态，《裂开的星球》进入了我的阅读视野。

这首诗体现出诗人吉狄马加对长诗的驾驭能力，多年来他积攒的诗歌写作技能在这首长诗中得以全面引爆。在这首诗中，诗人大胆尝试了修辞、形体的变化，使得这首诗丰富、复杂，形式与内容完美地融为一体，两节拍、三节拍、四节拍，直到全诗的后半部，由庞大的抒情气韵推动，诗人已经完全不能自已，这时，诗句在自动书写，以急促的弹奏取消了节拍形式，把读者带入了狂欢的节奏。

毫无疑问，这是一个世界主义者、人道主义者对我们生活的星球所发出的警示、忧患与和解的呼吁。诗人追溯自己的彝族文明源头，进而衍射到全球的种族、国度、信仰、文明史、生态、科学、自然和艺术等等生活、生存领域。诗人吉狄马加调动起日常所关注的点与面，既有对虚伪政客的无情讥讽，也有对贫苦大众的同情和悲悯；既有对科技进步的赞叹，也有对环境毁灭的忧思。诗人写道："那是因为《勒俄》告诉过我，所有的动物和植物都是兄弟"，诗中数次提到滋养他灵魂成长的彝族文明，正是这种教育哺育了诗人的自然情怀，他谴责了人类对食物链顶端动物的滥捕滥杀，呼吁人类善待动物、保护自然。诗人以古今中外的先贤智者为精神高标，与他们进行着跨越时空的交谈，从而获得了守护文明的力量和智慧。诗人吉狄马加以清醒的立场，大量的有效信息、繁多的诗意元素、深邃的思想洞见搭建起这首长诗的框架，在解构被奉为圭臬的时代，这些建构就显得尤为可贵。

作为前后呼应，诗人向人类提出的是一个终端性的宇宙之问："是这个星球创造了我们／还是我们改变了这个星球？"正是这种形而上的追问，制造了整首诗的回旋场，在这个具有外延性的命题下，作者进行了深入的思考，并在收放自如的同时，保持了诗与思的平衡关系。

能成就这样的大诗，我想，这是因为作者具备了如下三个条件：一，具有俯瞰整个人类星球的国际视野；二，具备了娴熟的艺术训练，气势如虹的长诗驾驭、把控能力；三，具有多年积累的文化底蕴，其深度、广度和厚度同时在诗中得以体现。

　　《裂开的星球》无疑是一首诗中之诗。这不仅仅是作者本身的艺术突破，也给当代诗坛贡献了一份宝贵的建设性文本。

吉狄马加诗歌的原型价值分析

李　骞

诗歌创作其实是一种精神投射现象。著名心理学家荣格曾这样说过：“投射是一个无意识的、自动的过程，主体无意识的内容借此将自己转移至客体，以致它看起来属于那个客体。”因而诗人的创作不可能是一种凭空的想象，他往往是把自己置于一个历史和现实的框架之中，接受特定民族和地域文化的规约。按照荣格集体无意识理论，一个民族集体无意识产生于该民族原始记忆的积淀，在日常生活中它通常以原型的方式体现出来。在艺术创作中，艺术家们往往从这些原始的意象之中获取灵感，形成了各种各样的象征性意象。在吉狄马加的艺术世界里，充满了带有各种象征意义的艺术形象，它们常能带给读者以厚重的文化体验。无疑也正是因为这些意象的作用，使吉狄马加的诗歌拥有了历史感，从而让读者从他的诗歌里看到了一个民族的经验世界。某种程度上说，吉狄马加的艺术世界是建立在民族文化原型这个坚实的根基之上的，这些意象不仅触发了他的艺术灵感，也增强了他创作的坚韧性，从而加强了诗歌意象世界里隐含着的民族的集体记忆。可以看出，吉狄马加是一个对意象使用很讲究的诗人，他诗中的每个意象几乎都浓缩了自己民族历史文化的记忆。

一、人物的原型分析

在吉狄马加的诗歌中，人物是一个最为重要的元素，他们承担着重要的民俗意义和文化功能。从某种程度上说，吉狄马加诗歌的艺术世界首先可以说是一部活的人物志，在这里各种类型的人物往往占据了一个非常显要的重要位置。在诗人的笔下，这些人物并不是某种理念的生硬代言，他们背后无不隐藏着复杂的文化逻辑。他们一方面是以民族文化体现者的身份出现，另一方面也代表了一种特殊的话语模式。在诗歌中，诗人要么是通过人物发言，要么是让人自己去发言，从而呈现出了一个审美的人物原型世界。

在吉狄马加早期的诗歌中，孩子是使用最为频繁的一个意象。在最为著名的那首《自画像》一诗中，"孩子"这个意象就被赋予了一种沉重的历史文化意义。尤其是开头的那两句，"我是这片土地上用彝文写下的历史 / 是一个剪不断脐带的女人婴儿"，这两句诗为吉狄马加的"孩子"意象赢得了一个历史文化上的多重身份。他不但承担着一个民族的过去和未来，而且成为一个民族心灵的希望与困苦的矛盾结合体。很显然，吉狄马加在这里借助于"孩子"这一意象，表达了一种对本民族文化的那种强烈归属感。从传统意义上来说，孩子往往承担着种族的繁衍和文化的传递，他是一个族群的希望。这与中国当代主流文学作品中的"孩子"是截然不同的，"孩子"在当代文学中往往被塑造为一种叛逆和娇宠的形象，他完全回避了在传统文化中的责任意识和顺从观念。如果说顾城以"我是一个任性的孩子"完成了对当代诗歌孩子形象的塑造，那么吉狄马加无疑为"孩子"重新找回了那个丢失了很久的传统形象。某种程度上说，《孩子和猎人的背》这首诗，是对传统父子伦理的一种回归，"我愿意看你的背 / 它在蓝蓝的空气里移动 / 像一块海岛一样的陆地 / 这是我童年阅读的一本地理 / 你扛着枪 / 我也扛着枪"。我们从这些诗行里所看到的，是孩子对父亲形象的崇拜和继承，完全背离了现代伦理中的"俄狄浦斯情结"的神话。孩子非但没有走向"弑父"的道路，反而做出了这样一种忠诚的告白："我憎恨 / 那来自黑夜的 / 后人对前人的背叛"。孩子对于父亲的忠诚，在这里成为一种守望民族文化的语言。

　　在一个族群的日常生活当中，因为孩子具备了文化传承的功能，他也就成了一种文化的代言。但是这种代言还不能说是完整的，只有加上孩子的另一极，即双亲形象，才能共同支撑起一种完整的文化伦理。吉狄马加显然也清楚地意识到了这一点，在他的诗歌中，对孩子形象的塑造，恰恰是以父母的形象为蓝本的，孩子成为了父母的延伸。在诗歌《孩子和猎人的背》中，文化伦理其实就是在孩子与父亲之间展开的，父亲不仅是孩子的崇拜对象也是孩子的模范。"我只想跟着你 / 径直往前走 / 寻找那个目的 / 你的背上有许多森林外的算术命题 / 有的近似谜语"。诗中父亲的"背"不仅象征着一种强大的力量，也是象征一种不离不弃的膜拜。虽然吉狄马加的诗中对父亲的描写无不带着崇高的敬意，但是他对母亲这一形象的塑造更显厚重。从人类学视野来说，母亲本身就是繁衍生息的象征，尤其在彝人历史生活中，相比对于父权的威严，对母亲的崇拜有着更为深厚的历史渊源。我们从吉狄马加的诗歌中也可以很明显地感觉到，诗人对于母亲形象的塑造比父亲要生动得多。

更确切地说，《自画像》一诗更像是一场孩子与母亲之间展开的对话，尤其是诗中开头的那句"一个剪不断脐带的女人的婴儿"，完全把母性与自己的那种不可分离的关系展现了出来。脐带是连接母亲和婴儿之间最为原始的沟通方式，也喻示了孩子与母体那种密不可分的联系。在《一支迁徙的部落》中，诗人反复向我们呈现出了这样一个意象："我看见一个孩子站在山岗上／双手拿着被剪断的脐带／充满了忧伤"。吉狄马加诗中的母亲形象是美丽的，诗人用了一系列的修辞方法，使其成为一个勤劳善良的民族象征。在吉狄马加对母亲形象的塑造中，我们能够感受到诗人那种难以名状的忧伤。从某种程度上说，这种忧伤不仅源于深厚的民族情结，也产生于民族文化与后工业文明的对撞。在孩子与父母构成的这组对应的原型意象之间，包含着一种带有人伦色彩的民族情感。

如果说通过孩子、父亲和母亲的形象，吉狄马加向我们展现了一种难以割舍的文化伦理，那么在猎人这一形象中则蕴藏着一种人与自然之间的生态伦理。在古老的彝族传统文化之中，自然崇拜是一个核心理念，这种理念在吉狄马加的诗歌《老去的斗牛》和《死去的斗牛》中都淋漓地表现了出来。在这两首诗中，斗牛完全成为一种生命力和意志力的象征。尤其值得关注的是，在吉狄马加诗歌的"猎人主题"中，"猎人"不仅象征着一种古老的民族文化，它也指向了人与自然之间的密切关系，我们从这些诗歌里看到了诗人对人与自然关系的思考。如果说《最后的传说》和《猎人之路》涵盖了一种传统文化上的回归，那么《猎枪》《最后的召唤》表现了一种古老的民族品格，而《一个猎人孩子的告白》《森林，猎人的蜜蜡珠》《梦想变奏曲》等诗歌则是通过向我们展现一种震撼人心的和谐美，表现出了一种生态意义上的反思。所以说，吉狄马加诗歌的猎人形象，其实是一种对人与自然关系思考的古老模式，其中蕴藏的是一种带有生态理念的彝族古老的传统文化。

在吉狄马加的人物系列中，毕摩是个极富有神秘气息的形象。毕摩是部族的祭司，他既是一种宗教的象征，同时也是民族文化和智慧的体现者。在吉狄马加诗歌里，毕摩是现实生活中的一种存在。在后工业文明的冲击之下，民族文化也经受着时代潮流的冲击，对毕摩的歌颂也成为对传统民族文化的一种缅怀，它带给诗人的是那种拂之不去的伤感。在《守望毕摩》一诗中，吉狄马加这样写道："守望毕摩／就是守望一种文化／就是守望一种启示／其实我们没有选择的余地／因为时间已经证实／就在他渐渐消隐的午后／传统似乎已经被割裂／史诗的音符变得冰凉"。从某种程度上说，毕摩作为彝族文化的一种原型，他已经完全融入诗人的内心深处。在阅读吉狄马加诗歌的时候，我们会感到诗人往往也在充当着一种文化的祭司，发出了一种召唤的声音，他不但是美的召唤者，也是历史文化的召唤者。在吉狄马加诗歌的人物意象中，大都包含着一种古老的文化原型，它代表了一种特殊的文化伦理，这种文化伦理主要表现的就是彝人对历史文化和宇宙万物的思考模式。其实，吉狄马加的诗歌之所以会带给人们那种厚重的感觉，也正是这些意象的文化原型作用。理解这些人物背后的原型意义，是我们进入吉狄马加艺术世界的一个基本前提。

二、风物的原型分析

荣格认为："原型是像命运一样降临在我们头上的经验的复合体，它们的影响在我们最为个人的生活中被感觉到。"也就是说，在我们的生活之中，处处都存在着原型，它们也在时时影响着我们。因此诗歌中的那些风物描写，很少是一种随意的撷取，其背后大都蕴藏着深厚的原型意义。在吉狄马加的诗歌中，对风物的独特表现构成了又一种审美特色，从这些风物的表现中，我们领会到的是一个民族的精神世界。作为生活的一个重要组成部分，风物往往与人物一样，是艺术世界的真实体现。在吉狄马加这里，风物的书写带来的不仅是独特的艺术风格，同时也构成了诗意栖居的现实基础。一般来说，诗人对"物与词"的关系有着一种特殊的敏感，它往往成为诗人情感的主要表现形式。在吉狄马加的诗歌中，风物成为了诗人情感的载体。但是这些风物也不完全是诗人情感的承担者，它里面蕴藏了丰富的文化元素，甚至在某种程度上是能够自行发言的文化审美元素。

对于祖祖辈辈生活大山深处的彝人来说，大山无疑有着一种强大的文化功能。就吉狄马加而言，大山不仅是一个常见的意象，也是一种艺术的精神，成为一种永恒的艺术气息，弥漫于吉狄马加诗歌创作始终。在大山这个古老的意象之中，涵盖了一种现代意义上的地理诗学。在《彝人之歌》一诗中，吉狄马加这样深情地写道："我曾一千次／守望过群山／那是因为我还保存着／我无法忘记的爱"。在寥寥数句的诗行中，隐藏着一个极为深沉的内在逻辑，那就是山与民族情感之间的浸染关系。在这里，诗人也不再是一个普通的抒情个体，而是以一位彝人的身份去面对群山，进而成为群山和民族之间的一个中介。而在另一首《我愿》中，诗人又这样写道："当有一天我就死去／踏着夕阳的影子走向大山／啊，妈妈，你在哪里？"诗歌中的"大山"所承担的不再是一种传达情感的模式，它被赋予了强烈的母性色彩，成为诗人情感的归宿。

如果说大山为吉狄马加提供了情感上的栖居之所，那鹰无疑有着更为明确的文化指向意义。作为彝人重要的民族图腾，鹰带有浓厚的文化象征色彩。虽然吉狄马加描写鹰的诗篇并不多，但是仅那首《彝人之歌》就足以给我们一个清晰的"鹰的后代"的形象。可以说，在吉狄马加的情感世界中，始终流淌着鹰的血液。诗人在诗歌《鹰爪杯》中是这样写的："把你放在唇边／我嗅到了鹰的血脉／我感到了鹰的呼吸／把你放在耳边／我听到了风的声音／我听到了云的歌唱／把你放在枕边／我梦见了自由的天空／我梦见了飞翔的翅膀"。虽然这首诗并不是很长，但是它却把鹰的形象，以及诗人对于鹰的崇拜生动地传达给了我们。在"鹰爪杯"这一诗化了的意象之中，不仅映射出了鹰的腾空雄姿，也让读者感受到了鹰的体内血液的流淌和飞翔。

如果说山带给彝人的是一种崇高的文化意识，鹰带给彝人的是一种炽热的民族情结，那么火带给他们的将是一种无法言表的温暖和亲切。在彝人的个人和集体生活当中，火都占有着极为重要的位置，也最易点燃他们的诗情，触发他们的诗意想象。作为一个民族生活的重要象征，火带给彝人的是对自然万物的感恩和祝福。在吉狄马加的诗歌《彝人谈火》中是这样写的："给我们血液，给我们土地／你比人类古老的历史还要漫长／给我们启示，给我们慰藉／让子孙在冥冥中，看见祖先的模样"。彝人对于火的崇拜，生发于它在现实生活中的实用意义，这也是彝族文化的一个重要特点。在现实生活中，彝人的一生都与火有着不解之缘，火也因之成为彝人审美文化的一部分。在火把节那天，彝族姑娘绣花衣的时候，还会把火镰绣在衣服的背上。因而在火镰这一日常化的形象里，也被融入了爱情的记忆。诗人在诗歌《失落的火镰》中曾这样写道："我的火镰失落了／疏忽在／一个秋日里的黄昏后／黄昏是一个使女／那么缥缈／那么遥远／一个诡秘的笑／一个象征的吻／偷走了火镰"。显然诗歌中的火镰已经成为一个爱情的象征，在这个情节的背后，仍然隐含着彝人对火的热切崇拜。彝人的一生都在与火为伴，因而火葬成了这个民族最重要的习俗。在吉狄马加的诗歌《故乡的火葬地》中，我们也见到了"火葬地"这一意象，诗人曾深情地这样反复写道："在一个遥远的地方／穿过那沉重的迷雾／我望见了你／我的眼睛里面流出了河流"。火葬地寄寓了诗人对故土和祖先的深情，这种情感丝毫不会因为空间距离的远近而变化。

　　虽然吉狄马加是一个对历史文化有着特殊情愫的诗人，但是他的创作从来都没有脱离自己的生活现实。从他那诗意盎然的字里行间，折射出了一个风味十足而又朴实的生活世界。瓦板屋成了吉狄马加作品中经常出现的意象，并演变为一种家园的象征符号。正如诗歌《在远方》中所写的那样："在远方 / 等待着的是瓦板屋中 / 那温暖的火塘 / 夜半过后 / 一声叹息 / 抚摸不在身旁 / 有一种思念太重 / 在拨弹折断的口弦 / 然后是沉默 / 不会忘记，不会"。在这里的瓦板屋、火塘与口弦组合成了一种温馨和谐的氛围，也形成了一种艺术上的反差，从而加剧了那种思念的伤感。在吉狄马加的诗歌中，瓦板屋构成了诗意栖居的物质基础，让诗人的诗意有了一个凭借。这最为集中地体现在《感受》一诗中："从瓦板屋顶飞过 / 它没有声音 / 还是和平常那样 / 微微地振动 / 融化在空气中"。从实到虚的这一转换，形象地表达了一个诗意的转换过程。在吉狄马加的诗歌里，瓦板屋这一意象不仅是一种实体，同时也上升为一种精神上的象征，具有了形而上的意义。诗歌《灵魂的住址》无疑就有着这样一种形而上的寓意。"这是 / 一间瓦板屋 / 它的门虚开着 / 但是从来没有看见 / 有人从那里进出"。可以看出，瓦板屋不仅是一种实体的居所，更是一种精神的栖居之所。

　　其实，在风物的意象之中，涵盖着一种诗意栖居的文化主题。从某种程度上说，诗歌是无法拒绝物的进入的，在物被抽空之后，诗的产生也是无法想象的。吉狄马加在他的诗歌中，建立起了一个意蕴深厚的物象世界，从而也赋予了抽象的民族文化以一种坚实具体的外形。在这些物象的背后，蕴藏了一种深刻的文化逻辑，使我们对彝族的文化有一种具体的把握和了解，这也是吉狄马加诗歌中物象抒写的价值所在。

三、形式的原型分析

事实上，吉狄马加在创作上从来都没有刻意地去追求过艺术形式上的标新立异，他只是试图通过他的诗歌来领悟一个民族的精神。根据荣格的观点，"精神在很大程度上弥漫于人的整个社会存在之中"。吉狄马加显然是对此了然于胸的，他不但善于从那些深沉宏大的意象提取出那些深邃的理念，而且也非常注重对那些民族艺术形式的考察和借鉴。因而我们从他的诗歌里不仅看到了彝人祖先的踪迹，也让我们了解到当代彝人的生活方式。这种生活方式不只是表现为特殊的人情和风物，也包括了彝族生活现实中独特的审美文化。我们会发现，在吉狄马加的诗歌里很自然地融入了许多带有生活特色的民族审美艺术元素，并且成为他诗歌的一种艺术特质。然而，吉狄马加在诗歌创作中从来都没有滥用过这些资源，而是通过它们表达出了一种特殊的人文情怀和文化理念。

作为一位杰出的彝族诗人，吉狄马加有着一种自觉的文化意识。虽然吉狄马加在创作中无意标榜艺术和文化上的独特性，但是他的诗歌也从来不会遗漏那些带有民族特色的意象，并赋予它们以深厚的文化内涵。他在诗歌《史诗和人》中曾这样写道："我好像看见祖先的天菩萨被星星点燃 / 我好像看见祖先的肌肉是群山的造型 / 我好像看见祖先的躯体上长出了荞子 / 我好像看见金黄的太阳变成了一盏灯 / 我好像看见土地上有一部古老的日记 / 我好像看见山野里站着一群沉思者"。在这段诗中，诗人使用了一连串的意象，通过对祖先以及那些古老事物的神奇想象，带给了我们一种心灵上的震撼。诗人眼中的祖先是一个雄武有力，而又生殖力旺盛的人类始祖的形象。如果说"群山"一样的肌肉说明了祖先的健壮，"身体上长出了荞子"说明了祖先的旺盛生殖力，那么"天菩萨"则像一个标签，赋予了祖先以明确的民族意义。从这段诗歌中，我们又仿佛发现了民族史诗的影子。不可否认，凉山地区丰富的史诗资源，不但为诗人们提供了一个较为具体的祖先形象，而且也无形中影响了他们歌颂祖先的方式。

对彝族这样一个能歌善舞的民族来说，艺术通常是与他们的生活融合在一起的。当代学者彭卫红也曾经指出，实用性是彝族审美文化一个重要特征，这种实用性主要体现在那些艺术文化与日常现实生活的密切关系上。我们在阅读吉狄马加诗歌的时候发现，乐器也是其作品中出现较为频繁的一种意象，这在上一节中也有所提及。在诗歌《黑色狂想曲》中，诗人这样激情地唱道："让我成为火镰，成为马鞍／成为口弦，成为马布，成为卡谢着尔／啊，黑色的梦想，就在我消失的时候／请为我弹响悲哀和死亡之琴吧"。通过一系列现实中的生活物象，让情感获得了一次升华。其中的"口弦""马布"和"卡谢着尔"等都是彝族生活中的乐器，他们在这里都被赋予了一种如痴如醉的激情状态。作为生活中最为常见的一种乐器，口弦也与彝人的喜怒哀乐紧密联系在一起，因而它成为一种个人情感的象征。其实，在这一意象的深层背后，涵盖的是一个民族的情感世界。吉狄马加在诗歌《做口弦的老人》中这样写道："蜻蜓金黄的翅膀将振响／响在东方／响在西方／响给黄种人听／响给黑种人听／响给白种人听／响在长江和黄河上游／响在密西西比河的下游／这是彝人来自远古的声音／这是彝人来自灵魂的声音"。因为口弦是金黄色的而且状如蜻蜓，所以在诗人这里获得了一个形象的比喻，从而也获得了一种生命的灵性。显然诗中的口弦也已经不再是一种简单的乐器，而是被赋予了一种更为深厚的民族品格，与"远古"和"灵魂"这些旷古高远的境界联系在了一起。诗中的口弦是诗人民族情结的外在表现，它成为一种文化上的象征，因而也具有了深远广阔的民族文化内涵。吉狄马加在《我渴望》一诗中是这样写的："我渴望／在一个没有月琴的街头／在一个没有口弦的异乡／也能看见有一只鹰／飞翔在自由的天上／但我断定／我的使命／就是为一切善良的人们歌唱"。这里的口弦和月琴与鹰一样成为彝族的文化符号，它们共同完成了对这个民族的歌唱。显然，在吉狄马加的诗歌里，"口弦"是有着极为重要的原型意义的。它不只是一种情趣的象征，其背后隐藏着一个民族的善良品质，以及他们对美好世界的向往。

　　在审美文化之中，最能体现一个民族特征的，除了音乐以外还有美术。在每个民族对不同颜色的不同阐释中，不仅源于一种感官上的反应，其背后隐藏的是这个民族更深的文化逻辑。在吉狄马加的诗歌中，颜色往往带有艺术和文化的双重含义。在日常生活中，彝人对黑红黄（尤其是黑色）三种颜色表现出了特殊的钟爱。在《彝人梦见的颜色》一诗中，吉狄马加这样写道："我梦见过黑色／我梦见过黑色的披毡人被高高地扬起／黑色的祭品独自走向祖先的魂灵／黑色的英雄结上爬满了不落的星／但我不会不知道／这个甜蜜而又悲哀的种族／从什么时候就自称为诺苏"。在彝族文化中，黑色不仅是一种美学象征，它同时与彝人的高贵品格是联系在一起的。我们常常会发现，在吉狄马加的诗歌中，有不少都是以黑色为艺术氛围的，比如《黑色的河流》《黑色的狂想曲》《彝人梦见的颜色》等诗，直接都是以黑色为主题。还有更多的诗篇，比如《星回节的祝愿》《故土的神灵》《最后的召唤》等等，无不带给人一种黑夜般的神秘和凝重的气息。在吉狄马加的艺术世界里，黑色所蕴藏的文化内涵，要远远超过其单纯的自然意义。

从吉狄马加的诗歌里，我们能够看到一个族群日常生活的方方面面。凉山彝人的现实生活和传统文化对吉狄马加的影响，不但体现在题材的选择上，也体现在形式的建构上。读吉狄马加的诗，我们完全不会感觉到当代主流诗歌创作的那种晦涩和拗口。相反，是那样清新自然、明白晓畅，甚至可以当作歌来咏唱。从吉狄马加诗歌的形式和内容上，我们都可以强烈地感受到彝族传统艺术元素的存在。比如他的诗歌《孩子与森林》和《催眠曲》所传达的是彝人母亲的声音，并且中间穿插了大量的谣曲，带给人以温馨静谧的感受。而《唱给母亲的歌》《一个山里孩子的歌》等诗，则带着民族歌谣的形式和特点。再像他的《自画像》《星回节的祝愿》《黑色狂想曲》等诗歌，也隐含着一种清晰明了、缓缓上升的旋律。在他的诗歌中，有不少都是以"歌"或"曲"来命名的，伴随着他诗歌旋律的，是那种深厚的情感。这在《自画像》一诗中表现得尤为突出，这首诗的情感自始至终都是高亢的，随着内容的层层推进，它也在不断加强，直至最后爆发出那声"我——是——彝——人"的呐喊。而到了《黑色狂想曲》中，诗人对于情感的控制愈发成熟，在这首长诗中，诗人的情感有起有伏，有爆发有沉寂，最后形成了一曲动人心魄的交响乐。他的诗歌我们不仅看到了一个感情丰富的"孩子"形象，也看到了一位胸襟博大的文化守望者的形象。他一方面在向他的民族倾诉着自己真挚的爱，同时也庄重地凝视着民族的历史和未来。从这一切之中，我们都不难看出彝族古老文化元素的影响。

吉狄马加的诗歌之所以能带给我们无比厚重的阅读感受，正是因为他的艺术世界是建立在一套文化体系之上，蕴藏了一个民族许多集体无意识的元素。我们从这些诗歌中看到了这个民族文化中各种固有的东西，从其中的意象选择到形式建构，无不反映着这个民族的思想和艺术品格。显然，这些意象成为理解吉狄马加的关键词，我们只有从这些意象背后获得了那些原型价值，才能够走进吉狄马加的艺术世界，进而与诗人进行对话。

抵达人类光明的入口
——吉狄马加诗歌散论

刘晓林

　　吉狄马加是带着明晰的自我身份确认意识走上诗坛的，20 世纪 80 年代那首引起广泛注目的《自画像》中一声从心灵深处涌出的"我—是—彝—人"，不仅昭示着一名未来将成大器的诗人在中国诗界的现身，而且表达了用现代汉语诗歌的方式发出自己民族声音的强烈愿望。此后，我们在吉狄马加的诗歌中，看到了栖息于中国西南地区的崇山峻岭、湍急河流两岸的彝人那浓郁、神秘的风俗风情，领略了祭司毕摩沟通天地人鬼、真实与虚无的神奇，那民间乐器口弦、马布、卡谢着尔中传达的欢乐与忧伤，以及传说中作为鹰的后裔的彝人对于火的崇拜和对养育生命的黑荞麦的感激，在他诚挚的吟唱中，掩映在古老的历史传统和文化习俗之中的民族气质得以浮出地表。在一定程度上，吉狄马加的诗歌摆脱了 20 世纪五六十年代用社会转型模式、民族团结模式表现彝人生活的文学书写的狭窄与单一，呈示了一个情感深邃、文化传统深厚的彝人世界，提供给人们认知、进入彝人历史、心灵的路径。就此而言，吉狄马加在诗坛初露锋芒之时，便实现了将自我塑造为民族代言人的角色期待。

一个从大凉山走出的彝族青年，当他决意通过诗歌向世界倾诉的时候，他储备了何种成为一个诗人所需的知识、教养和情感？吉狄马加在创作谈《一种声音》中罗列了自己选择诗歌写作为自己民族的历史传统与生存方式证言的种种原因，其中谈到了就读西南民族学院的经历，他庆幸在20世纪80年代逐渐破除文化禁锢，各种思想奔来眼底的语境中，在大学校园"熟读了屈原和米哈依尔·肖洛霍夫"，能够广采博收一切人类精神的成果充实自己，又适逢"诗歌代表着良心"的时代，这使自己的诗情得以迸发，然而，吉狄马加更清楚地意识到自己写诗最重要的因素乃是对无法割断脐带的自我族群的牵挂和对故土的深沉依恋，是塘火边长者口唇间流淌的民族历史和故乡无尽的群山给予了自己的才能与灵感。多年以后，他在一首献给母校西南民族大学的题为《想念青春》的诗作中，追认着写作最原初的动因与情感的内在依据："我相信，一个民族深沉的悲伤／注定要让我的诗歌成为人民的记忆／因为当所有的岩石还在沉睡／是我从源头啜饮了／我们种族黑色魂灵的乳汁／而我的生命从那一刻开始／就已经奉献给了不朽和神奇"，这些诗句，再清楚不过地表述了诗人与自己民族的血脉联系，并且由此确立了自己写作的意义。如果联系20世纪80年代后期，众多青年诗人热衷于模仿西方现代主义进行文本试验，或在体验缺失的状态下拼接食而不化的材料梦呓般传达观念的时候，吉狄马加自觉地将写作的根须倔强地伸向自我族群生活的黑色土地，吮吸养分，培植枝叶茁壮、色泽明丽的诗歌花朵，无疑显现了情感与心智的成熟。

　　史诗《勒俄特依》所记录的悠长历史，"万物有灵"观念支配下对自然的敬畏，神灵信仰所造就的富有神圣感的精神境界，这一切使吉狄马加有足够的自信依据本民族的文化资源建立自己的诗歌立场，将书写民族的记忆和生存方式作为持久的写作方向，并且不无执拗地将本民族的价值观视作审视世界的重要尺度。这一立场的形成，或许是出自对20世纪80年代最强势的"现代"话语的拒绝，或许更在于摆脱精神困扰的需要，因为痛苦的历史遭际和处于边缘的生存状态曾带给诗人所属的民族深刻的伤害，于是疗治创伤进行自我保护与拯救无疑成为诗人写作最重要的目的。所以，"我是彝人"的呼喊实际上渗透着明显的文化抗争意识，固然振聋发聩，但内里却流露着无法掩饰的孤独与忧郁，甚至还有几分无奈，因为在强调民族身份的时候采用的是非母语的方式。在《初恋的歌》《一个彝人的梦想》等早期诗歌结集中，吉狄马加的声音是孤傲的，他一方面以"彝族之子"的身份向本民族悠长的历史和生生不息的生命意志致礼，另一方面又以民族代言人的身份申诉着一个饱经沧桑、曲折的民族存在以及获得尊严的理由、倾诉着民族的隐衷、追求与期待。这是对彝族历史的回溯："我看见他们从远方走来／那些脚印风化成古老的彝文／有一部古老的史诗／讲述着关于生和死的事情"（《一支迁徙的部落——梦见我的祖先》)，这是对作为彝人精神家园的母语礼赞："我要寻找的词／是祭司梦幻的火／它能召唤逝去的先辈／它能感应万物的灵魂"。(《被埋葬的词》)，这是以达观的态度对待生死的彝人人性光芒的闪烁："我看见送葬的人，灵魂像梦一样，／在那火枪的召唤声里，／幻化出原始美的衣裳。／我看见死去的人，像大山那样安详，／在一千双手的爱抚下，听友情歌唱忧伤。"(《黑色的河流》) 因为对民族传统彻骨的爱，他对在"现代"的冲击下可能消失的传统表示了深切的忧患，"失去的传统 / 好像一根 / 被遗弃的竹笛 / 当山风吹来的时候 / 它会呜呜地哭泣"(《彝人之歌》)，据此，他吟诵出对民族未来的祈愿："啊，黑色的梦想，就在我消失的时候 / 请为我的民族升起明亮而又温暖的星星吧"(《黑色狂想曲》)，在这些诗句中，诗人宿命般地保持着民族文化守望者的姿态，注视着彝人生活的现实场景与冥想中超验的世界，充满着对自我民族的前生今世的尊重、理解与担忧。这些立足民族文化立场的诗歌，既因为与同时期诗歌潮流的疏离显示了鲜明的个性品质，又因为与民族记忆的高度融合从而传达了一个民族的集体声音。

作为一个有远大抱负和博大胸襟的诗人，吉狄马加自然不会仅仅满足于作一名"边地歌手"，他深知人类性与民族性并行不悖，立足本土本族只是他抒情的起点，他必须将诗歌延伸到更为广阔的世界。在进入新世纪以后，他的诗作频频涉及一些域外的世态风物，其中对南美大陆人文风俗和土著人命运的书写尤为引人瞩目。而饶有兴味的是，他在描摹南美风情的时刻，时时回望自己的故土，从而跨越时空，力图寻找不同种族之间隐秘的联系。在《我听说……》一诗中写道："我听说 / 在南美安第斯山的丛林中 / 蜻蜓翅膀的一次震颤 / 能引发太平洋上空的 / 一场暴雨 / 我不知道 / 在我的故乡大凉山吉勒布特 / 一只绵羊的死亡 / 会不会惊醒东非原野上的猎豹"，这种奇迹虽未得到验证，却使诗人联想到世界万物彼此感应、相互依存的可能性，继而联想到这个星球上不同肤色、种族的人可能经历的共同遭遇。诚然，吉狄马加关注南美土著人的命运无疑源自自己作为中国的一个少数民族成员的感同身受的体验，彝族与南美印第安人一样，历史悠久、有着传承民族历史的神话传说，形成了独特的文化形式与传统，在一个多民族综合体中处于相对封闭与弱势的地位，这些相似处引发了诗人探究世界所有世居民族命运兴趣，这是一种比照、反观自身的探究，结果是发现在生命延续、生存欲求与情感方式的维度上不同种族的人们却有着惊人的趋同性，在《献给土著民族的颂歌》中，诗人吟唱道："理解你／就是理解生命／就是理解生殖和繁衍的缘由"，"怜悯你／就是怜悯我们自己／就是怜悯我们共同的痛苦和悲伤"，"抚摸你／就是抚摸人类的良心／就是抚摸人类美好和罪恶的天平"。在理解、尊重、承认差异性与多样性的体认中，吉狄马加获得了一种睿智、充满悲悯意味的世界主义的眼光，形成了一种开阔、包容、炽热的人类主义情怀。他由大凉山腹地的故乡吉勒布特出发，走过漫漫长路，经过时间磨砺和心灵的淬炼，触摸到了掩藏千差万别生活形态背后的人类命运的共同秘密，他是通过本族本土观察着世界，诠释着人性的相通性，恰如吉狄马加那句被评论者反复引用的话所说："如果你的作品从一个民族的身上解释了深刻的人性和精神本质，那么你的作品也一定是具有人类性的。"

2006 年，由于工作岗位的变动，吉狄马加来到了青海，从某种角度而言，这是一次寻根式的返乡，因为有可靠资料表明彝族祖先是生活在青海东部河湟谷地的古代羌人，他对这片土地一定存在源自生命根部的亲近感和认同感。事实上，吉狄马加一直渴望返乡，这是一个充分理解了世界、参悟了人类命运秘密的诗人对自己原生之地的深情瞩望，是用充盈着人类意识的眼光对故土意义的重新体认，是对精神最终处所的守护。他在献给马提尼克黑人诗人艾梅·赛泽尔的《那是我们的父辈》一诗中，执着地表示"我真的不知道，这条回乡的道路究竟有多长？／但是我却知道，我们必须回去／无论路途是多么遥远"，并且确信，一生高举黑人寻根旗帜的艾梅·赛泽尔不会孤独，因为与他同行的"是这个世界上成千上万的返乡人和那些永远渴望故土的灵魂"。无疑，这里所指应当是精神返乡，是处于极度物欲化的社会形态中梦想和性灵逐渐消失、退化的现代人对精神家园的向往，是消费主义甚嚣尘上人的精神日趋庸常化的窘境中，人们渴望修复心灵的体现。吉狄马加在他不同时期的传达乡愁情绪的诗篇中，对古老传统"消失在所谓文明的天空中"的现实表现了极大的忧患。始终在寻找返乡之路的吉狄马加进入青海，置身于青藏高原，确乎具有"回家"的意义，并非仅仅指现实层面的重归先祖曾经栖息的土地，而是他在更为宏阔的历史背景中确认这里是人类文明的发祥地之一，来到这里就是抵达了人类生命之源的根部，同时在这个距离太阳最近的地方，发现了未被"现代"浸染的最后一块净土，是人类精神理想的寓所。这一精神家园漫溢着由信仰的力量所造就的圣洁感、对生命的敬畏感，以及天人合一的圆融和谐的氛围。因此，在吉狄马加的有关青海的诗篇，如《水和生命的发现》《我曾经……》《敬畏生命——献给藏羚羊》中，或讴歌人与自然的和谐，或赞颂善良与懂得感恩的品质，或谴责人类的残暴行径，全部目的都在于维护精神家园的完整与纯洁。

在青海，吉狄马加主持着一省文化建设发展的大计，在包括"青海湖国际诗歌节"在内的一些文化活动中，履践着人类沟通、恢复人类自然伦理的完整性的文化理想，他用行动实现着自己的诗歌梦想，他是一个"行动的诗人"。自然，他并没有因为重视行动而将诗歌写作视为"余事"，他依然倾心于歌吟，将自己深邃、真诚、饱满的诗情播撒在广袤的大地。在青海玉树大地震之后，吉狄马加在很短的时间内写出了《献给明天》《玉树，如果让我选择》《嘉那嘛呢石上的星空》等诗篇，为逝去的生命祈祷，慰藉失去家园的生者，期盼光明和微笑重返玉树草原。其中《嘉那嘛呢石上的星空》以曲式的宏伟，对生命本质的深刻探寻，以及对生死问题的深度考量，凝聚了一种回肠荡气、撼人心魄的力量，成为吉狄马加青海诗篇中最重要的作品之一，或许也是他创作生涯中最具代表性的诗作之一。玉树结古镇新寨村，有一处用25亿块石头堆起的世界上最大的嘛呢石堆，相传是300多年前嘉那活佛在此放下了第一块的嘛呢石，故此命名为"嘉那嘛呢石"，多年来信奉藏传佛教的信众不断地将刻有六字箴言经过"开光"的石头堆垒于此，意在祈福许愿，使之具有了神圣的意义，是一方体现了信仰的圣地，玉树地震之后，又新添了几千块石头，是罹难的几千个生命的象征。吉狄马加以此作为表现对象，不在意对其浩瀚外形的描述，而着力挖掘嘛呢石堆的精神内涵，在诗人眼中，这里的石头是承载生命的另一种形式，是生命存在的证言，意义在于"它用无言告诉无言 / 它让所有的生命相信生命"，同时，它是超度亡灵质朴而神圣的仪式，"它是唯一的通道 / 它让死去的亲人 / 从容地踏上一条伟大的旅程"，嘉那嘛呢石堆不是"为了创造奇迹 / 才来到这个世界"，是因为对"一个个生命个体的热爱"，是因为"信仰的力量"，才出现了这人间奇迹。嘉那嘛呢石的存在，让生死的界限不再重要，它使生命尊严得以凸显，并且超越了时间和空间的限制获得了永恒。全诗由诗人听到石头的召唤开始凝视石头开始，继而逐步开掘嘛呢石堆所象征的生命含义，最后达到诗人与嘛呢石合一、抒情主体与物象合一的境界，建立了二者精神同构的关系。

　　吉狄马加近期的诗作多采用颂歌的曲式，风格庄重、雄阔，诗句流畅明朗、收放自如，冷峻的思索与汹涌的激情恰如其分地结合，使其诗作呈现出一种雍容自若的气度。《我把我的诗写在天空和大地之间》是写给青藏电力联网工程建设者的颂词，但诗人却超越了为一个行业的劳动者群体歌唱的界域，将诗作衍化为一首为人类幸福而歌的赞词，这不仅是对普通劳动者劳动意义的升华，而且是对时间和空间、开始与结束、生与死这些关乎人类精神高度命题的深沉思考，是一个充满人类关怀意识的诗人站在地球的第三极对世界的俯瞰，此诗将题旨的重要和体式的庄重完美地融合为一体。而将这种颂歌品质推向极致的是吉狄马加献给东方伟大山脉昆仑上的诗篇《圣殿般的雪山》，以这首诗为主体创作的交响音诗曾在高海拔的昆仑山玉珠峰脚下演出，映衬着雪山，伴着高原清凉的风，交响乐队奏响低沉舒缓的音乐，合唱队以多声部交错、反复的咏唱将那庄严肃穆，虔诚执着的诗句传递给伟大的昆仑山，这是诗歌、音乐与自然的水乳交融，其情其景与传统中的祭献的仪典何其相似，从而将诗作的颂歌元素发挥得淋漓尽致。诗中的抒情主体"我"的确类似一名祭司，就像是彝族的毕摩，伫立在西部高原无边的旷野中，"舌尖传送着神灵的赞词"，回顾自己以及人类的历史，"我"是彝人之子，是"雪族十二子"

传说中鹰的后裔，但"我"更是人类之子，"我"知道人类经过漫长的时光，经过了无数次的荣枯轮转，记忆正在成为永恒，现在面临最后的选择，因此面对神山，"我"百感交集，但"我"并不惶惑绝望，因为：

　　我发现我的灵魂在寻找一个方向

　　穿过了山谷，穿过了透明的空气

　　穿过了原野，闯过了自由的王国

　　我看见它，像一只自由的神鹰

　　最终抵达了人类光明的入口！

　　这是《圣殿般的雪山》这首恢宏颂歌华彩的结尾部分描绘的人类未来。从大凉山走向世界的诗人吉狄马加，其写作的基点之一就是人类的幸福祝祷，他将诗歌视作为人类谋求福祉的方式，这是他的诗歌梦想和最初的选择，也是他保持激情，不断前行的缘由。

"要么我谁也不是，要么我就是一个民族"
——吉狄马加诗歌之路简论

燎　原

　　吉狄马加在当代诗歌中的作为，可以从三个方面来看待：其一是作为诗人的吉狄马加，自 20 世纪 80 年代初以来，在持续的诗歌写作中所建立的，带有民族史记品质和人类文化学与社会学视野的作品实体，这是他作为诗人的主体部分。其二是作为拥有自己诗学理论系统的吉狄马加，在国内和国际诗歌论坛上的一系列演讲和人文艺术随笔，其中包括了有关诗歌、人类文化学，以及当代人类困境的深度思考。这也是与他的诗歌相互映照、可以互读的他的理论部分（这些作品，集中收录在广西师范大学出版社 2021 年出版的《火焰的辩词——吉狄马加诗文集》中）。其三是身兼诗人和诗歌建设工作者之职的吉狄马加，创建和组织实施的一系列区域性和国际性的诗歌活动，并由此促成的中外诗人的高端国际诗歌交流。据此，我们可以把他视作当代诗歌发展史上，一个具有枢纽意义和标志性的人物。

　　下面，我想从他的诗歌路径这一角度，简略地谈一谈我的认识。

　　吉狄马加所走过的诗歌道路，是一条从中国彝族的大凉山出发，继而与非洲、拉丁美洲等发展中国家的诗人相联结，进而走向国际诗歌前台，为多元共存的人类文化发出自己声音的——这样一条道路。

我们大家都知道，吉狄马加本人是在 20 世纪 80 年代初风起云涌的现代先锋诗歌潮流中，从大学校园走上诗坛的一代诗人。而那一代的诗人，几乎都熟读过作为世界主流文学的欧美现代主义文学，并从事相应的写作。但此后不久，他就开始了以"大凉山叙事"为主体的诗歌写作，尤其是在他早期的代表作《黑色河流》写出之后，他自己最重要的时刻于此出现。他清晰地意识到自己的彝族民族身份，以及大凉山古老的历史地理场景，之于自己的文化根系意义，并由此他看到了以美国诗人兰斯敦·休斯等为代表的一个黑人诗人系列，继而是非洲、拉丁美洲的本土诗人作家系列。这是一个随着 20 世纪 20 年代塞内加尔诗人桑戈尔等人提倡文学写作中的"黑人性"，以及 20 世纪 60 年代拉丁美洲"文学爆炸"世纪性的崛起，而成为与欧美主流文学相对应的一个体系。它不但对吉狄马加的精神世界和诗歌写作产生了巨大影响，更召唤他纵身其中。随之，吉狄马加在他《一个中国诗人的非洲情结——在 2014 年"南非姆瓦基人道主义大奖"颁奖仪式上的书面致答辞》中，就有了这样给我印象至深的表述，这也是他写作之路上的一个重要节点。

其一，"在中国众多的作家和诗人中，我是在精神上与遥远的非洲联系得最紧密的一位。"

其二，"作为一个来自中国西南部山地的彝族诗人"，我曾经把塞达·桑戈尔和戴维·迪奥普等人，"视为自己在诗歌创作上的精神导师和兄长。"

而桑戈尔，作为青年时留学法国的黑人博士、此后的塞内加尔总统，曾被称作文化最高的非洲人。他在熟悉欧美主流文化的基础上，对于自己非洲文化的重新发现和文学中黑人性的强调，使人极易联想到后来者吉狄马加的身影。而关于桑戈尔，我自己还有一个私密的个人记忆，1984 年，当我从诗人昌耀那里听到他对非洲诗人的特别看重，而在书店购得一本《桑戈尔诗选》，从此，自这位陌生的非洲诗人血脉中发出的，那种现代视野观照下非洲达姆鼓的古老声音，使他成为让我爱透了的一位诗人。

多少年后，我还意识到了这样一个事实：在人类进入 20 世纪的现代社会直至今天，我们所处的这个世界依然存在着两种不同的文化形态和价值体系。一种是以商业资本扩张为驱动力的"现代文明"体系，这是一个建立在最新科技成果之上的繁华世界，却又是以财富为崇拜偶像的无根无祖的体系。另一种，便是以古老的民族文化和道德价值准则为内在动力的"传统文明"体系，这是一个在祖先和民族根系的召唤中，轻视物质生活、崇奉灵魂和心灵自由的体系。

在前一个体系诸如艾略特、卡夫卡等杰出诗人作家的作品中，他们所致力表现的，是一种毁灭性的主题，是对自己所置身的现代文明场景中精神"荒原"的揭示，以及精神物化中心灵的支离破碎。而在后一个体系诗人作家的作品中，则是一种与灵魂同在的温暖性的主题，对于"根"与"灵"的悠长追思与沉湎，是在对民族历史的沉积层一层层地下探打开之后，呈现出的一个神秘奇幻的绚烂星空，这也正是我们在吉狄马加诗作中看到的景象。

在他一直持续的"大凉山叙事"，以及来自青海高原上的《嘉那嘛呢石上的星空》等一系列诗作中，始终闪烁着万物之上的神性，对于心灵启示的星光。而在这一书写的遥远前方，则是他所听到的"荷马神一样的说唱"（见《高贵的文学依然存在人间——在2016年"欧洲诗歌与艺术荷马奖"》颁奖仪式上的致辞）。

毫无疑问，我们并非要否认现代文明带给世界的物质成果，但它同时又是一把双刃剑，全球范围内正在遭受的大气污染、工业垃圾荼毒、资源攫取中对于大自然的毁坏等等，无不与此相关；而在我们共同拥有的这个世界，战争、仇恨、隔阂、不公、强势文明对于弱势文明的剥夺……这种历史性的宿疾一直在续演，而在世界事务中缺少话语权的发展中国家——亦即弱势族群，则是种种灾难与不公的承受者。

"要么我谁也不是，要么我就是一个民族"，当吉狄马加借用圣卢西亚诗人沃尔科特的话这样表达自己心志的时候，他几乎是义不容辞地担当起了为弱势族群发声的道义。他的写作，也由此进入一个新的节点，并凸显为两大主题。

其一是大量的国际题材诗歌的写作，诸如献给南非黑人领袖纳尔逊·曼德拉的《回望二十世纪》《我们的父亲》，以及《悼胡安·赫尔曼》《犹太人的墓地》等，这是一个长长的诗歌系列。而贯穿在这其中的，正是针对这个世界仇恨、不公的宿疾，对于民族平等，人类文化多元共存，以及和平、公正、正义的人类生存秩序的呼唤。

另一个主题，便是基于大凉山彝人之于大自然崇奉与敬畏的古老价值准则中，对于现代资本绑架下之于大自然的疯狂掠夺和荼毒，所发出的劝诫与警告。这一主题，在他为2007年第一届青海湖国际诗歌节所写的《青海湖诗歌宣言》,及其诸如《我,雪豹……》《裂开的星球》等一系列中长型的诗歌中,都有着振聋发聩的表达。

而这两大主题,正是当代人类面临的共同问题和困境,并且日益突出和严峻。由此导致的一个结果,就是在现代科技文明中似乎无所不能的现代人,变得越来越茫然,越来越不自信。于此,吉狄马加诗歌中寻求神性启示的声音,就显得愈发重要。正如敏感的葡萄牙诗人努诺·朱迪斯,对于吉狄马加诗歌写出了这样的感受与评价:"吉狄马加所呈现的并不是一种非理性的信仰,而是从一个失去自信的世界开始,给我们一条心灵之路……"

在个体的高音与人类和群山
合唱之间的微妙平衡
——简论吉狄马加诗歌创作

谭五昌

　　从 20 世纪 80 年代中期至今，吉狄马加的诗歌创作生涯已达 40 年时光。这足以展示这位来自大凉山的诗人在诗歌创造能力方面无比丰沛与旺盛的状态。如今，吉狄马加不仅是当代彝族诗歌最具代表性的人物，而且已经成为一位具有广泛国际影响的中国当代重要诗人。放眼于当下的中国诗坛，吉狄马加可谓是最具个性艺术风格辨识度的当代诗人之一，而这一点也是诗人吉狄马加在几十年时间里一直广受人们关注与赞誉的主要原因之一。

　　综观吉狄马加 40 年的诗歌创作历程，我们可以从中总结与概括诗人与众不同的创作特色，借用一些论者的表述，名之为："个体的高音与人类和群山的合唱"。客观而言，这种形象性的命名与描述，对于吉狄马加诗歌创作特色的概括无疑是比较准确的。下面，围绕着"个体的高音"与"人类和群山的合唱"两大关键性词语，本人对于吉狄马加的诗歌创作特色予以简要的阐述。

　　所谓"个体的高音"，是指吉狄马加诗歌中的语调通常是高亢

的、激越的（犹如合唱歌曲中的高音部分），一些论者将此表述为
"一种颂歌性的调子"，这里的"颂歌"，不是通常意识形态的含义，
而是指诗人对于故乡大凉山的人、事、景、物，以及世界意义上
的万事万物持有赞颂、歌唱的抒情姿态，体现出诗人博大的爱心
和热情的人生态度。从吉狄马加早期的《我的自画像》《彝人谈火》
等代表性诗作，到晚近的《火焰上的辩词》《致马雅可夫斯基》等
引人注目的诗歌文本，我们都能鲜明地体认出诗人采用内心独白、
激情歌唱（吟唱）的话语方式来表情达意，呈现诗人对于万事万
物予以赞颂与感恩的浪漫主义创作心态。简言之，与"个体的高
音"相对应，凸显出诗人吉狄马加以崇高为主导的审美风格。这
种崇高的审美风格，在吉狄马加长达40年的诗歌创作生涯中一以
贯之地延续下来，稳固不变，成为诗人最具个体标识性的风格特
征，这在中国当代诗人群体当中较为罕见。而在当下娱乐化的诗
歌文化语境中，吉狄马加诗歌中"个体的高音"背后所体现的"神
性写作"倾向与崇高风格，对于有效维护中国当代诗歌的精神与
艺术尊严，有其不可或缺的重要价值。

　　如果说，"个体的高音"主要指吉狄马加诗歌的审美风格，那么，
"人类和群山的合唱"则主要指吉狄马加诗歌的思想情感内涵。作
为彝人之子，吉狄马加始终深情地热爱自己的民族（彝族），热爱
本民族（彝族）的自然环境、民俗风情与文化精神，在吉狄马加
的绝大多数诗歌文本中，诗人身上自觉的民族意识与强烈的民族
精神得到了鲜明的呈现。但是，我们并不能因此将吉狄马加定位
为一位杰出的少数民族诗人，实际上，进入21世纪以来，吉狄马
加在保留其民族（彝族）诗人的文化身份以外，其世界性诗人（国

际性诗人）的文化身份也越来越变得清新、鲜明与稳固。具体说来，吉狄马加在诗歌创作中已经越来越多地关注国内国际性的重大问题与话题，诗人关注人类的前途与命运，关注自然生态环境的保护，体现出深刻、自觉的"人类命运共同体"意识，以及"生态保护意识"，且往往以忧患意识的面目与姿态出现。例如，在吉狄马加的《裂开的星球》《应许之地》《我，雪豹……》《献给世界上的河流》等一系列广受国内外诗坛关注的表现重大主题的近作中，诗人对于包括国人在内的全体人类的前途与命运，以及自然生态危机意识与环境保护意识，给予了艺术性的深刻呈现，展示出了诗人宏阔的精神视野与高迈的思想境界，令人无比赞赏。而这，正是吉狄马加在国际诗坛上产生愈来愈广泛影响的主要理由与原因之所在。

不过在此需要说明一下的是，"个体的高音与人类和群山的合唱"尚不能完全准确地概括吉狄马加诗歌创作的艺术风格与精神内涵。尤其"个体的高音"，原指吉狄马加诗歌崇高的审美风格，但它其实并不能够完全涵盖诗人的艺术风格。的确，崇高是吉狄马加诗歌艺术风格的最大特征，但诗人也不是所有的诗篇都用高亢的语调说话，让所有的诗篇都摆出一副庄严的表情，从而给读者造成某种阅读上的审美疲劳。准确来说，吉狄马加的诗歌文本是以崇高为主导性风格，但除了崇高以外，吉狄马加的诗歌文本还呈现出审美风格的多样性。比如，在吉狄马加的《母亲们的手》《苦荞麦》等诗作中，真挚、温柔、深沉等审美情调与语言风格颇为鲜明。而在吉狄马加的近作《给妈妈写的二十首短诗》中，质朴、明朗、纯真、清新、优美、深情等审美情调与语言风格十分突出，给人们留下丰富的审美阅读感受，由此充分展现出吉狄马加诗歌审美风格的主体性与多样性，有力彰显出吉狄马加诗歌的独特艺术感染力，在很大程度上达成了在"个体的高音与人类和群山的合唱"之间的微妙平衡。

我们可以这样简要描述与概括吉狄马加40年的诗歌创作旅程：诗人吉狄马加以彝族之子的身份从大凉山出发，他以深情的颂歌方式为他的母族，也为整个诗坛奉献了一曲动人心魄的《初恋的歌》，由此成为当代彝族文化与彝族精神的诗歌代言人。此后，吉狄马加的思想艺术视野日趋开阔与宏大，与中外现当代诸多杰出、伟大的诗人构成深刻、丰富、有效的对话和互动关系，由此也使得吉狄马加从最初的一位符号性的当代彝族诗人，转变成一位具有广泛影响的当代中国诗人与世界性诗人，并相应地使得其诗歌文本蕴含着丰富、复杂的民族（彝族）意识、中国经验与人类观念。一般而言，吉狄马加的诗歌语调高亢、激昂而庄严，情感真挚、质朴而炽热，属于颂歌体，风格大气、豪放、崇高，给人以强烈的艺术感染力。进入21世纪以来，吉狄马加的诗歌创作日益自觉地将本土经验与世界眼光有机融合，诗人常常从人类文明与人类命运的思维角度与思想高度，处理社会现实的重大题材，其高远、超迈的立意为许多当代诗人所欠缺，由此充分彰显出吉狄马加诗歌创作与众不同的卓越价值。

吉狄马加的词语基因传递

——吉狄马加的诗歌写作与当代艺术实践个案研究专论

林江泉

吉狄马加是诗人分裂出来的艺术家,是童年的艺术基因转化的诗。

——题记

属于母性的阳光

气体是金黄色金黄色的

悄然浮动,那么长长的绵绵的

这样温情纤细的诗行

它好像神秘地嫁给了

那柔软的时光

吉狄马加的多领域联姻就是《獐哨》中在少年时代一次狩猎的外化。他通过诗歌注塑艺术的实践,把诗歌和艺术构筑成一种文化的共生现象,更新了艺术范畴的话语和形态,并对公共文化、当代艺术和当代诗歌的变化起到了激活性的推动作用。作为诗人的吉狄马加在艺术领域分裂出两个身份:制线家(现代书法家)、视觉艺术家和图像研究者。他的诗歌也是艺术的一种——通过现场的营造展开了即时性的感知，如同珍妮·霍尔泽的文本艺术，又在文本艺术之外。

一

吉狄马加多领域的艺术家身份是诗人分裂出来的艺术家和异名者，吉狄马加、吉狄马加诗歌和吉狄马加的艺术不同一个人。他的艺术作品是火焰和词语繁衍的结果。一如他在《我，雪豹……》中写道："我的命是一百匹马的命，是一千头牛的命，是一万个人的命"，他诗人之外的诸多艺术家身份就是他的"命"的奇迹，这个命的线索是复杂性和矛盾性的压合体。现代书法让他成为"制线家"（制造线条）；绘画让他成为掌握密码的图像学家；当他的诗歌出现在美术馆，又成为文本艺术；当他创立多个国际诗歌节则可以视为是德国博伊斯提出的"社会艺术"。生命是基因传递的过程。吉狄马加的艺术作品是诗歌基因传递的过程，也是对人类记忆和多元文化的集中表现。

在吉狄马加的艺术实践中，"生成"我者的他构建了一个四部长诗中庞大的隐喻系统（隐喻系谱），这个系统一一对应或一多对应了现实世界的结构，而且我们可以在里面进进出出，找到人类记忆的入口和出口，展开人的命运之路。

吉狄马加具有多向写作方向、精神谱系和整体构架的总体性诗人。这个"总体性"的规模一直在他在诗歌中扩大，现代书法、绘画、文本艺术等也成了他的总体性实践的构成部分。他强调民族主体性和部族的知识考古学的重要性，制造宏大民族志诗学话语。在早期的代表作《自画像》中他写道："我是这片土地上用彝文写下的历史"。目前他在视觉艺术中依然继续彝族的密码。很多古老的名词，诸如太阳、土地、河流、玉米、盐巴、爱情、村庄等，更新了词义的本意，已经是全新的词语。他的河流从彝族的血脉中流淌出来；群山是人类合唱的汇集和耸起；鹰的飞翔是他长诗中的轨迹；太阳是他身体寻找的头颅，从东方到西方，从西方到东方，永不停歇……俄罗斯诗人叶甫图申科认为吉狄马加是一位实践的理想主义者，认为他的诗歌是拥抱一切的诗歌，他一直以诗歌拥抱不同的艺术领域。

　　吉狄马加取消界限，直接进入或转化，验证他在跨界中的"非跨界"。为了对吉狄马加的场所致意，先梳理一部分"诗歌史中的艺术史"——弗兰克·奥哈拉（Frank O'Hara，1926—1966），美国作家、诗人、艺术评论家，他曾担任纽约现代艺术博物馆（MOMA）副馆长，在纽约艺术界声望卓著。奥哈拉被认为是纽约派的领军人物，称为"画家中的诗人"。1918年，由罗马尼亚诗人特里斯唐·查拉（Tristan Tzara）执笔在德国柏林用德文发表了《达达运动的第一宣言》，在宣言中表现出一种绝对的否定性，以此来打破当时关于立体主义的三维空间和抽象派的二维空间的论争，主张否定一切迷恋过去的做法，摧毁了艺术的模仿功能和一切与中产阶级价值观和自然相关的传统美学规则。语言是行动和组织的起点，诗人查拉联合艺术家们启动达达主义也相当于策展人的策划身份，他由此成为达达主义运动的创始人。德国诗人里尔克关于罗丹的专著在艺术史上被作为重要的引用；改变世人观看方式的英国伟大的艺术批评家约翰·伯格（John Berger）是一位诗人；圣卢西亚的伟大诗人德里克·沃尔科特（Derek Walcott）是一位艺术评论家；中欧先锋诗人的主要代表托马斯·萨拉蒙先后赴意大利和巴黎进修艺术史，后在卢布尔雅现代美术馆任馆长助理。从1969年起，他开始以环境艺术家和观念艺术家身份在南斯拉夫、美国等地举办画展；诗人策兰对艺术家基弗的影响非常大，要理解他的《金发的玛格丽特》和《灰发的苏拉米斯》这两个系列的画作，必须先了解策兰的那首著名的《死亡赋格》。基弗还有一系列的作品是献给诗人的——策兰、巴赫曼、曼德尔施塔姆，所以被称为德国二战废墟上的画界诗人……还有强调"只有思想是重要的"的著名艺术史学家黄专早期在诗歌中感受到思想所能赋予文字的重量。

　　诗人与艺术的精神联系和语言贡献，让艺术家们以别样的眼光看待诗人的语言权威。艺术家与诗人之间的界限建立了一个在"一个人身上"新的艺术经验，一个加强或消解的意识——艺术家和诗人存在，也就是说，杰出的艺术家和诗人都具有诗的品质和判断。正如吉狄马加论证了画家也是诗人。由诗人分裂出艺术家身份，产生了"去职业化"的现象，这是对艺术家话语权泛滥的一种反思与抵抗，这也就意味着对诗人提出了更大的挑战，一个不是跨界，而是去边界的挑战。吉狄马加作为艺术实践运用到自己的诗学经验，从中发出多声部的声音。他是一个积极的艺术观察者和实践者。他的艺术立场有其特定的诗人背景，多维的视野昭示了我们观察艺术的诗学方向。在艺术实践的当代语义面前，他既投入，又保持距离；既延续又区别；既根植又否定。构成了诗歌与艺术的双向和多向的沟通。正如笔者六岁的女儿在观看吉狄马加的绘画《天空下的自由》时说的话：“人的身体变成了路线，人的两侧是公路。”

吉狄马加的艺术是诗歌的生成，也是他早期艺术生成诗歌的生涯。他个人化的语汇风格鲜明到甚至无须署名。他的作品以诗歌的“神奇运用”，以将书写、素描、涂鸦和油画相结合等创举而著称。指向根本性的学术路向和价值判断。从多学科、跨学科到“一的变化”。书写的时空，打开一条线的时间和空间。“一以贯之”之“一”和“一致而百虑”之“一”都在前面，说明这个“一”并不取消多样性，而恰恰体现在多样性中生命的训练是“生成”我者的他。“生成”关涉的是强度和力量的问题，即主体如何通过与他者之间的连接——主体的“他者之变”，来提升其自在生命力的问题。“生成”是德勒兹哲学中一个十分重要的概念。作为一种虚拟的连接，“生成”关涉的是强度和力量的问题，即主体如何通过与他者之间的连接——主体的“他者之变”，来提升其自在生命力的问题。就“生成”作为一种生命的创新方式而言，它朝向的是一种伦理、一种事关个体存在方式的“内在性伦理”，一如诗人孙静轩所言：“在沉寂的大凉山的峡谷里，在蛮荒的原始森林里，在众多的头蓄‘天菩萨’、身披‘查尔瓦’的你的父老兄弟中间，你是怎样突起，成为一个现代诗人的呢？后来，我终于恍然大悟，原来你早已从大凉山跨入了现代生活，跨入了现代世界，在现代化的启发之下，具有了现代青年的头脑；原来，你是在远离你的民族的现代文化的高峰上，回过头去，用现代人的眼光重新去审视你的故土，以现代人的思维方式和方法去思考你的民族的历史和现状的。”（《吉狄马加研究专集》）。

二

吉狄马加的"诗歌总体性实践"面向世界与日俱增的未知，又重建转型现象学的未知。他的语态直面世界性的种种危机，带来了焕新自我的难度书写和形而上学实践。"我"的疑义保持在诗歌内质中运行，持续输出思考的新质。人们未及身动，他的成诗机制和艺术燃点已经做出了及时的反应和追溯，正如他在《诗歌的起源》中进入诗歌的根部，回到起点：

> 诗歌是灰烬里微暗的火，透光的穹顶。
> 诗歌一直在寻找属于它的人，伴随生与死的轮回。
> 诗歌是静默的开始，是对一加一等于二的否定。
> 诗歌不承诺面具，它呈现的只是面具背后的叹息。
> 诗歌是献给宇宙的三或者更多。
> 是蟋蟀撕碎的秋天，是斑鸠的羽毛上撒落的
> 黄金的雨滴。是花朵和恋人的呓语。
> 是我们所丧失、所遗忘的一切人类语言的空白。
> 诗歌，睁大着眼睛，站在
> 广场的中心，注视着一个个行人。
> 它永远在等待和选择，谁更合适？
> 据说，被它不幸或者万幸选中的那个家伙：
> ——就是诗人！

　　吉狄马加持续进入不可及的内部，或走出终不可解的外沿，他的视点以难觅肇始的方式更新语言层的意义，保持中间表现，从而进入时代巨变和物象延异的例外状态。他的腕底摄入的驳杂多变的感知，或探微于复杂性和矛盾性，或纵情于语言半径之外，真实思考的轨迹由此一一显现。他的凝视统摄个人把握的瞬间，世态和物象的每个瞬间都能查阅诗人和艺术家的心理索引，这成为了未知世界中的点燃机制——等待尚未来临的诗质识别性。每一次涉笔，都是对万物的"重识"，甚至通过笔调传递语言基因或发现身份：

　　当自由的风，从宇宙的最深处吹来

　　你将独自掀开自己金黄神圣的面具

　　好让自由的色彩编织未来的天幕

　　好让已经熄灭的灯盏被太阳点燃

　　好让受孕的子宫绽放出月桂的香气

　　……

（《大河》）

　　在艺术实践弥留的"时间差"和被限制的语言场域里，吉狄马加就相斥的关系展开了亦隐亦显的词语交涉。对于世间的事物，他以诗质丰盈的诗行构成试图压制挑起阅读的欲望和信息，以此延迟认知的快感，摸索延异的轨迹：

……

你可以用牙咬开我的衣裳

你可以用手撕烂我的衣裳

你可以用刀割破我的衣裳

你甚至可以

用卑鄙的行为毁灭我的衣裳

妈妈对我说：孩子

在你健壮的躯体上

有一件永远属于你的衣裳

于是我抚摩我的皮肤——

我最美的衣裳

它掀起了古铜色的浪

（《色素》）

作为长期沉浸在诗歌和当代艺术的诗人，吉狄马加从个人记忆和幽远的图像中获取属"灵"的"非素材"，长期以欲望为框架，探讨图像信息社会对于人作为社会单元的物化可能性。同时，他写出了大量关于现当代艺术观看之道的诗作。诗人往往都在追寻诗艺之外的信息，这与他超越本体的观察方式"一多对应"。事实上，他也是一位继承中国绘画笔墨和当代艺术的实践者。图像的类型都内化到了他的诗歌当中，诗歌也由此成了珍妮·霍尔泽般的文本艺术。他不断回收欲望，在多种语义的反复实验中，持续更新"物"的语言系统，引领读者重组身体的感知，这些感知又在重组"我们"，直到出现诗的"下一行"。他在当代书象和抽象绘画中专注于使用黑色，他探索光与暗物质的宇宙，用最深的黑雕出最亮的光。关于一切事物的隐和显，他的艺术做出了神秘的回应，在他的诗歌中同步得到了验证：

......

我梦见过黑色

我梦见过黑色的披毡被人高高地扬起

黑色的祭品独自走向祖先的魂灵

黑色的英雄结上爬满了不落的星

但我不会不知道

这个甜蜜而又悲哀的种族

从什么时候起就自称为诺苏

（《彝人梦见的颜色》）

诗歌与艺术构成了互为关系、互为图底的双重生活。吉狄马加善于在语言的图像产出中提供多种机制，在他的语言样本或感知机制中，每个人将以诗人统一的代码来思考社会学景观的本质。

吉狄马加在长诗《大河》中没有著名的河流指向。在万事万物中所再生的不是事物本身，而是德勒兹"生成"的在场。他一切的真实和臆想都是批判现实的构成。他的虚拟经过心理时空的有机凝练，一切假定来自世界的剧烈变化，最终又回到社会的客观时空。这为他的社会环境作为一个身体的隐喻系统理下了伏笔：

当白色的桅杆如一面面旗帜，就像

成千上万的海鸥在正午翻飞舞蹈的时候

哦大海！……你是不是也呼唤过那最初的一滴水

是不是也听见了那天籁之乐的第一个音符

是不是也知道了创世者说出的第一个词！

（《大河》）

三

　　吉狄马加在每个领域的实践都在递进式激发人们的热望，静待阅读去检验其延异的所在。他能冷静地从现实中抽离出异化、神秘和思辨的因素，这些因素犹如楔子般钉进了现实。在多线索的时空中，他使用了拙朴、复合的语言结构和令人难以重述的句式，展示了一个饱受创伤的精神场域和深层世界，还原了一个处于混乱中的灵魂；挽留彻头彻尾见不到归属的影子；还传达了灵魂中必不可少的普遍性孤独：

这是一条陌生的大街

在暗淡的路灯下

那个彝人汉子弯下腰

把嘴里嚼烂的食物

用舌尖放入婴孩的嘴中

这是一条冷漠的大街

在多雾的路灯下

那个彝人汉子弯下腰

把一支低沉而动人的歌

送进了死亡甜蜜的梦里

（《爱》）

吉狄马加的"感知系统"试图思考如何瓦解物质世界的一个印记。在生息共和的国度里，语言会消失吗？究竟是语言把握世界，还是物质把握世界？他在不惧和敬畏中扩展到对种种感知的探索结果。诗人揭示了一个事实——世界一刻不停地围绕着感知转动，而非物质。所有的这些感知每个瞬间都在高速运行，如同地球大洋里密集的鱼群在运动，大鱼难以把握它们的路径。他将"时间"构建成一个虚拟的真实时态，"欲望传递"所编程的语言正在拒绝解读万物，而是在哲学幸存的发展条件中成为事物中的一员，并在虚拟的时态中逃脱对自然与公共的重述：

在这个智能技术正在开始

并逐渐支配人类生活的时代

据说机器人的诗歌在不久

将会替代今天所有的诗人

不，我不这样看！这似乎太武断

诗人之所以还能存活到现在

那是因为他的诗来自灵魂

　　　每一句都是生命呼吸的搏动

　　　更不是通过程序伪造的情感……

　　吉狄马加对人的感知的定义不敢怠慢。他在书写中转译身体内部的空间，通过时间的类型、发现身份和日常的转译，试图将感知推向了一个变化莫测的境地，其思考坐标在多维状态中变幻着。很多诗作和艺术作品都有着深入生命虚无感的存在条件，打破了作品的侵入方式，输出完整性主体和场域。作为意志和表象的世界介入他的思考模型，被他的语言缩放，为的是寻找平衡的时间，通过变量唤醒欲望带来知识生成的方法，其开放性不断更新我们对物体系的认知。探索感知的过程所产生的协作性，将和欲望相关的哲思和社情置于一个不断深化的长期主义中：

　　哦！幼发拉底河、恒河、密西西比河和黄河，

　　还有那些我没有一一报出名字的河流，

　　你们见证过人类漫长的生活与历史，能不能

　　告诉我，当你们咽下厄运的时候，又是如何

　　从嘴里吐出了生存的智慧和光滑古朴的石头？

（《裂开的星球》）

　　吉狄马加的诗作作为一种心理行动，召集时间、地点、人物和事件，每一种物都会在身体和媒介中所检阅，"我者"在他过去的写作经验集中表现和转化，多变性似乎向身体四肢的未知路径

蔓延，延伸了身体——可维修、可修复、可重复使用和可回收的
欲望都在语言实验的规则中不断延展我们的身体：

我曾问过真正的智者
什么是自由？
智者的回答总是来自典籍
我以为那就是自由的全部

有一天在那拉提草原
傍晚时分
我看见一匹马
悠闲地走着，没有目的
一个喝醉了酒的
哈萨克骑手
在马背上酣睡

是的，智者解释的是自由的含义
但谁能告诉我，在那拉提草原
这匹马和它的骑手
谁更自由呢？

（《自由》）

吉狄马加更多是关于"我者"的自省，即使是在人类很多
永恒的终不可解的问题中思考，也在"我们"中进入隐秘的"我

者"。他专注涉及我者和他者的关系，从我者中生成他者之变，进入了时间纵深的思考。当我者通过与他者之间的连接或换位，诗与"我"的关系发生"他者之变"，这个过程提升其自在生命力的向度：

这是一个启示
对于这个世界，对于所有的种族

这是一个美丽的故事
但愿这个故事，发生在非洲
发生在波黑，发生在车臣
但愿这个故事发生在以色列
发生在巴勒斯坦，发生在
任何一个有着阴谋和屠杀的地方

但愿人类不要在最绝望的时候
才出现生命和爱情的奇迹

（《鹿回头》）

吉狄马加的复见
——论吉狄马加当代艺术实践的"诗歌授权"

曾东平　林侃异

　　美国艺术哲学家阿瑟·丹托（Arthur C. Danto）根据《布里洛的盒子》这件作品，判定整个艺术史的内在叙事已经结束了。从此以后，艺术取消了自己的内在叙事，它变成了一种哲学叙事。在《布里洛的盒子》的作品里面，看到的是哲学问题替代了艺术问题。在艺术中，看到诗歌问题替代了艺术问题，诗歌问题成为视觉艺术问题，或是当代艺术还原了诗歌与艺术的共同体（community）。吉狄马加的诗歌展正是展现那些看不见的事物，而他"无形的手"又展示着艺术的可视之域，隐性的创作让人恍然大悟，原来世界上很多看不见的事物一直都向我们开放着，吉狄马加的《看不见的波动》对应了这种交互界面的结构：

有一种东西，在我
出生之前
它就存在着
如同空气和阳光

有一种东西，在血液之中奔流

但是用一句话

的确很难说清楚

有一种东西，早就潜藏在

意识的最深处

回想起来却又模糊

有一种东西，虽然不属于现实

但我完全相信

鹰是我们的父亲

而祖先走过的路

肯定还是白色

有一种东西，恐怕已经成了永恒

时间稍微一长

就是望着终日相依的群山

自己的双眼也会潮湿

有一种东西，让我默认

万物都有灵魂，人死了

安息在土地和天空之间

有一种东西，似乎永远不会消失

如果作为一个彝人

你还活在世上！

　　在历史上，各种终结论并不鲜见，艺术终结论也不例外。1984 年，阿瑟·丹托发表了《艺术的终结》这部颇具影响力的著作，他的艺术终结论没有丝毫的悲剧色彩，相反，这正是一个历史的开端。阿瑟·丹托从诗的逻辑上宣布艺术已经终结。艺术终结后，人类进入到一个全新的时代，他把这个时代称作后历史时代（Post-Historical Period of Art），这个时代没有单一的叙事逻辑和叙事结构，而是由多种哲学观念催生的艺术运动。在《艺术的终结》里，不仅仅是谈艺术终结，还谈论了艺术活动变成哲学活动以后艺术发展机制的问题。诗歌是一切的终结，但丁、歌德、尼采……他们所遗留下来的诗篇绝不只是思想史的遗产，更是他们为自己学说所制造的对立和统一。诗歌与哲学的论战见证了语言与思考的复杂关系，见证了情感与理性、审美方式与经验判断的辩证关系。每位诗人都有他们的哲学属性；伟大的哲学，必定是广义上的诗歌。从吉狄马加的创作来看，我们不但看到了诗歌代替艺术问题，还看到诗歌观念所呈现的哲学问题，这不需要完全归于哲学，而是当他以诗歌的方式做艺术实践时，设计了连接哲学的拉索力学效用。

阿瑟·丹托说道，后历史时代是由"哲学授权"的时代，哲学家具有了判断艺术作品价值的权力。作为另一种哲学家的诗人有着同等的权力，吉狄马加艺术作品中的诗歌基因便是一种"诗歌授权"，诗歌的授权被视为一种艺术中的管理系统。

吉狄马加的《脸庞——致米斯特拉尔》《真相——致胡安·赫尔曼》等作品，使艺术和诗性因素重构的价值不在其本身，而在于时间差。他从未停止对于不同诗观和多个领域系统的质疑，他避免长期卷入沉迷的一种媒介，不断打开自身，让新的实验进来。诗歌既是他个人多媒介实践史的延续和集中表现，也是时间累积的结果。他在层层叠叠的语言层中覆盖叙事性，删除阐释，克服时空上的限制，抵达一种非物质性的流动状态，不知不觉间形成了诗的褶皱在语言上的自治，从而对"关系"调动其他感知的产生机制，人性、世界动心、图像、场域以及相关的交流都在重建新的未知，达到恒定的不惧，一如他在《看不见的人》中对艺术不可见的追寻，让我们抵达艺术中"还未出现的人和不存在的地方"：

　　在一个神秘的地点

　　有人在喊我的名字

　　但我不知道

　　这个人是谁？

　　我想把它的声音带走

　　可是听来却十分生疏

　　我敢肯定

　　在我的朋友中

　　没有一个人曾这样喊叫我

　　在一个神秘的地点

　　有人在写我的名字

　　但我不知道

　　这个人是谁？

　　我想在梦中找到它的字迹

　　可是醒来总还是遗忘

　　我敢肯定

在我的朋友中

没有一个人曾这样写信给我

在一个神秘的地点

有人在等待我

但我不知道

这个人是谁？

我想透视一下它的影子

可是除了虚无什么也没有

我敢肯定

在我的朋友中

没有一个人曾这样跟随我

　　吉狄马加的诗歌与艺术，虚拟与真实共存，在同一时空中，两者构成了事物运动的有机核心，取消了意涵的水平和垂直方向上的空间限制。他将虚构的真实置于视觉逻辑的动情点，一种"虚拟存在"的互文和互图成为对称的两极。他本身也成为算法投喂后筛选过的真实；其中的主角是记忆筛选过的真实。他从裂变的意象中进入到诗的轨道，时间也得到了裂变。话语唯有自我指涉，保留一种结构感，抗拒自身中潜伏的麻木，才可能看到世界的真实性。他出示了数字之外的诗歌所形成的第二人生对每个人有同样意义，他们仍在虚境中保持未知，但有着打开信息世界任意门的钥匙，他在《一种声音，我的创作谈》一诗中出示了几把诗的钥匙：

　　我写诗，是因为哥伦比亚有一个加西亚·马尔克斯

　　智利有一个巴勃罗·聂鲁达

　　塞内加尔有一个桑戈尔

　　墨西哥有一个奥克塔维奥·帕斯

　　吉狄马加写道：“我的身份是彝族人，我是一个彝族的精神文化的发言人。我们彝族是人类的一部分，是这个世界的一部分，而不是全部。我是彝族人，就是说，我是人类的一员，我的亲族和历史是属于我们民族的。我的希望是，让所有人知道，在东方的中国，现在仍然有着继续生存下去的古老民族，基于其生活方式，在同样的场所不停地劳动，保护着其生活习惯，使用其语言书写独自的文字，同时，正在向其他民族，比如汉族或其他优秀的民族学习。”（《诗歌的停滞时代，颂扬诗歌》）他凭借身份与语言之间的博弈制造了迷离的批判底色，激发了人们感知的欲望。吉狄马加在语言上的身份验证和对未知的趋势预判建构了随时可以对社会发展做出迅速反应的机制，以应对社情挑战的机会。他围绕感知系统和作为一种复杂、开放而充满活力的过程的行为本身，展开了不懈地思索，同时避免了过多地思索，让第一感知进来。多种媒介在他诗歌中的集体亮相不是为此时此刻混图混音，而是为了未来输出新的人类行为，去影响更多人关注和参与发声，以揭示关系的假面的名义引入行为，让我们“重新入住地球”。以知识变速改变当代社会生活和世界的面貌，可持续的声音日常化将会产生无穷无尽的结果；以思接千载的历史意识关注当下，从边界、地面、海洋到天空。

我是这片土地上用彝文写下的历史

……

我是一千次死去

永远朝着左睡的男人

(《自画像》)

自我是生命的先知。吉狄马加以身体在诗歌内质中不懈运动，每一个媒介依存于自身的条件，同时又被解开。他长时间在反复的艺术与言辞劳作中展开每首诗篇的程序——收集、构建、覆盖、删除、等待，侵入式地依此步骤不断重复，耐得入微，从而在出窍中构建出"不属于我"或"属于我"的粒子空间。他的诗歌实践不断挑战已有的认知媒介，每一种感知都应该是无法定义，他让行为与身体产生重叠，但又不成为一体，由此不断向"遥远的感知"靠近，试图让不惧在没有人过度干预下回到欲望太初的状态，人为的媒介与自然生态共生关系一直也在显现最初的不惧，形成了一场不惧的批判机制。他欲言又止的冷静思考习惯，语言系统是他洞察性知识储备的结果，在不可见关系的隐秘处提取记忆的火种，形成了特殊的知识考古学，并对各种结果时刻准备着生成新的隐喻体系，从而进入"自我先知"的时空纵深度，打开与世界对话的诗学经验。

"生成"作为一种生命发展的方式而言，它朝向的是一种事关个体存在方式的内在性系统。吉狄马加诗歌的"生成"可以通过诗人的生成他者、生成场域和生成不可感知之物来体现。从伦理维度看，诗人生成万物体现的是批判人类中心论，而生成不可感知之物出示了不再将我们自身与生命相分离的自由，而是永恒的青春和历史的对应：

......

不知是谁的声音，又在

图书馆的门前喊我的名字

这是一个诗人的《圣经》

在阿赫玛托娃预言的漫长冬季

我曾经为了希望而等待

不知道那条树荫覆盖的小路

是不是早已爬满了寂寞的苔藓

那个时代诗歌代表着良心

为此我曾大声地告诉这个世界

"我是彝人"

......

（《想念青春》）

在验证生成理论的过程中，读他的诗歌不只是一首首的诗作，而是发展出一套属于自己的语言交流系统，强调在身体感知和场域之间构成整体的关系。更重要的是，他把这个关系放大到时间的深度。在多重的消解语言中开放了感知的源头，在互为关系中开放了社会，由此产生一个审视人类的现场。此时此地的情态反应，以及以世界为欲望的协作共同形成了他诗质内部一个自成体系的语言感知系统。

（摘自专著《词与火的繁衍：吉狄马加的诗歌写作与当代艺术实践个案研究专论1985—2024》）

诗歌与火焰：诗人的精神原型
与火之子的内在气质
——探究彝族火文化与吉狄马加诗歌内核的相关性

张志刚

　　世界各地的民族都有关于火的起源神话，这些神话不仅体现了人类对火的崇拜和敬畏，也反映了人类对火的利用和文明进步的渴望。例如，一些民族相信火是神赐予人类的礼物，而另一些民族则认为火是通过某种仪式或智慧获得的。

　　在中国西南部的崇山峻岭之间，栖息着一个拥有古老历史的民族——彝族。彝族的历史源远流长，他们的先民在漫长的农耕生活中与火建立了紧密的联系。在彝族的神话故事中，火神被视为创造世界的强大力量，它驱散了黑暗，带来了光明，促使万物生长。在彝族独特且丰富的文化体系中，火的神圣性占据着核心地位，火不仅作为生活必需品，更是其精神文化的象征，承载着温暖、生命、净化与转化的深层含义。每年的火把节期间，彝族人民会举办盛大的庆祝活动，手持火把载歌载舞，以此祈愿丰收和驱邪避害。火把的光辉在夜幕中闪耀，象征着彝族人民对生活的热爱和对未来的憧憬。

一、彝族火文化的深刻内涵

彝族人的火文化是一种深植于其民族生活和精神世界中的文化现象，它不仅体现在日常生活的实用性上，更在宗教信仰、节日庆典、社会习俗和文学艺术中扮演着重要的角色。

（一）宗教信仰中的火

在彝族的宗教信仰中，火被视为神圣不可侵犯的元素。彝族人崇拜火神，认为火神能够驱邪避灾，保护家庭平安。在进行祭祀活动时，火是必不可少的元素，它象征着与神灵沟通的媒介。彝族人相信，通过点燃火堆或火把，可以将自己的愿望和祈祷传达给神明。

（二）节日庆典中的火

彝族有许多与火相关的节日，其中最著名的当属火把节。每年农历六月二十四日，彝族人民会举行盛大的火把节庆典。在这一天，人们手持火把，围绕村庄游行，或在田间地头点燃篝火，载歌载舞，以祈求风调雨顺、五谷丰登。火把节不仅是彝族人民欢聚一堂的日子，也是展示彝族火文化的重要时刻。

（三）社会习俗中的火

在彝族的社会习俗中，火有着丰富的象征意义。例如，家里拿酒等各类祭品敬神敬菩萨时，必须要在火焰闪动的火塘上面转上一圈"烧"掉（驱走）不洁，然后才能上供；去除污秽之气。将净水浇注在烧烫了的小石块上，拿带污秽的东西在上面转圈，烧石上冒出来的水雾将其污秽去除……比过年还要热闹的火把节是彝族两大传统节日之一，被誉为是嘴巴的节日、眼睛的节日和东方狂欢节。明代三大才子之一的杨慎，夜宿西昌泸山，恰遇见彝族火把节里火把舞动的盛况，当即写下的《夜宿泸山》成为四方传唱的佳句："老夫今夜宿泸山，惊破天门夜未关，谁把太空敲粉碎，满天星斗落人间。"

由此可见，火在彝族的生活中所具有的重要作用，火文化是彝族文化的重要组成部分之一，火也是彝族的民族性格和精神气质的重要塑造力量之一，热情、好客、豪爽、积极、向上是彝族人的主要性格特征。

二、吉狄马加诗歌中的火元素

从大凉山走出去并在全世界有着广泛影响力的诗人吉狄马加也经常被称为"火的诗人"，作为一个彝族人，他自幼在这样的环境和氛围中长大，关注并淬炼着民族文化、火文化，他的精神世界、文化品格和诗歌的创作都与"火"的形象和精神产生必然的联系并深受其影响。同时，吉狄马加的诗歌也深深地扎根于彝族传统之中，以其世界性的视角和哲人般的思想，在世界诗歌舞台上占有一席之地。

在吉狄马加的诗歌中，火不仅是彝族文化传统的象征，也是对生命、自然和社会深刻思考的载体。通过火的意象，通过诗歌的语言，吉狄马加诠释了火丰富的象征意义，表达了对彝族文化的热爱和对人类生存状态的关怀。

大量阅读吉狄马加的诗歌后，你会发现除了"闪电""黎明"之类的词汇和意象以外，"火""火焰""火塘"以及象征光明的"太阳"

等字眼更是比比皆是。比如《吉勒布特组诗》中的《大地上的火塘》一诗，标题里就有"火塘"，开篇第一句是"大地上的火塘，你是太阳／永不熄灭的反光。"在第一行里就同时出现了"火塘"和"太阳"（全诗出现"火焰"5次，"太阳"2次），而在另外一首诗歌《昨天、当下和未来的群山》中，"火焰"出现了9次，"太阳"出现了2次，"火塘"出现了2次。甚至许多时候，"火焰""太阳""火塘"等直接进入了吉狄马加诗歌的标题领域，除了上面说到的《大地上的火塘》，直接用"火""火塘""太阳"进入或作为标题的还有《彝人谈火》《火塘闪着微暗的火》《火焰与词语》《火焰上的辩词》《火神》《太阳》，以及《一首诗的两种方式——献给东方伟大的山脉昆仑山》中的《雪山：金黄色的火焰》等等；还有写星回节（火把节）、直接以星回节作为标题的《星回节的祝愿》，写火葬地的《故乡的火葬地》等等。在2013年8月由外语教学与研究出版社出版的吉狄马加诗集，书名就是《火焰与词语》，还有在2021年11月由广西师范大学出版社出版的吉狄马加诗文集，书名就叫《火焰上的辩词》。由此可见，象征着光明与温暖、热烈与积极进取的有关"火""太阳"的意象与精神原型，对吉狄马加和吉狄马加的诗歌创作具有多么重要的分量、占有多大的比重！追溯吉狄马加的写作历程，我们还可以看到，发表在《凉山文学》1983年10月号上的《火的四重奏》（组诗）赫然也是以"火"为题目，一共四首诗，现在看来其中每一首诗都具有鲜明的代表意义。比如《斗牛的牛》：

　　一朵褐色的花开在头上，把野性的冲动伸向了空中

　　流血的根是骨，四蹄在大地的胸脯上发泄喧嚣

善良的诱惑，从穿绳的鼻尖开始
黎明是期待，黄昏是梦，太阳在背上唱歌

四肢在骚动中造型，恐惧淹没目光，头上扬着长矛
宁静把看不见的愤怒点燃，温情的欺骗藏着掖着抚摸
征兆疲惫地在胯下呻吟，荒诞的印象是力的撞击
哦，只有那瞬间的平衡，凝固了世界的一切哀伤

荒野。走向一个神圣的战场，蹄印盛着烈酒
血管里演奏誓言，风把每一个温热的死讯
挂在泛着泡沫的唇边，生命在真实的雕塑

荣誉在挣扎，每一块肌体变形了，抽象进行组合
因为你。世界又经历了一次狂乱的历险……

这首诗通过丰富的意象描写，如"褐色的花""流血的根""太阳在背上唱歌"等，形成了强烈的视觉和听觉效果，使读者能够感受到斗牛场景的紧张和激烈。诗中的情感表达非常强烈，从"野性的冲动"到"宁静把愤怒点燃"，再到"生命的雕塑"，诗人用词精准，情感跌宕起伏，让读者能够感受到斗牛的紧张气氛和生命的脆弱。诗中的语言富有节奏感和音乐性，如"四肢在骚动中造型""风把每一个温热的死讯挂在泛着泡沫的唇边"等，语言的韵律和节奏与斗牛的节奏相呼应，增强了诗歌的表现力。诗中不

仅描绘了斗牛的场面，更深入探讨了生命、死亡、荣誉等主题。"哦，只有那瞬间的平衡，凝固了世界的一切哀伤"，深刻地表达了生命的瞬间和永恒，以及人类对荣誉和冒险的渴望。

另外一首诗，更是直接以《火神》为名：

自由在火光中舞蹈，信仰在火光中跳跃
死亡埋伏着黑暗，深渊睡在身旁
透过洪荒的底片，火是猎手的衣裳
抛弃寒冷那个素雅的女性，每一句
咒语，都像光那样自豪，罪恶在开花
颤栗的是土地，高举着变了形的太阳
把警告和死亡，送到苦难生灵的魂梦里
让恐慌飞跑、要万物在静谧中吉祥
猛兽和凶神，在炽热的空间里消亡
用桃形的心打开白昼，黎明就要难产
一切开始。不是鸡叫那一声，是我睁眼
那一刹

这首诗歌以火为载体，通过彝族文化的内在精髓点燃了精神的火炬，在他的诗行间，火已超越了物质属性，成为情感抒发和哲理展现的媒介。

这组诗中的另外两首诗《黄伞与少女》《祭前的绵羊》读来也别有韵味。《黄伞与少女》：

黄伞下的少女，一双渴望的眼睛

一个蘑菇状的梦，把爱悄悄裹起

空气拥抱色彩，欲望在天边

温柔激荡着和谐

舞步的古朴，踩着大山的高音

流蜜的是口弦，把心放在唇边

呢喃的花裙，一个立体的海

光拖着一个醉迷的影子

架着意念在追赶

用美装饰外形，那是自然的图案

让黑发缠着初恋

羞涩是最动人的纯洁

背上那诱人的气息

是褐色土地的赠予

大山像鼾睡中的男人

路是他奇怪的腰带

那什么是缠绵的情语呢

她从蓝的天宇下走来

以视觉的符号表达需要

脸是丰富的音响效果

爱是目光失落的节奏

另一首《祭前的绵羊》：

彝谚：绵羊是温驯的神，
它的死不能见血。[1]

拧紧双角，那无音的喇叭，一圈圈年轻
立在屋中央，你用无声的喘息，吹着
死亡前的等待

你是温驯的神，不能用凶器，穿透你的
心脏，割断柔软的颈项，让血染红善良
只好扭转你的头，让呼吸去沉闷，在
沉闷的喇叭下，沉闷的死亡。你的叫声
只能在玻璃般的瞳孔里鸣响，这样
的死，同样神圣，同样雄壮，同样芬芳
可当我静默时，总爱想起温驯的绵羊
那清清脆脆的，来自荒原里的鸣响

不难看出，这组诗无疑是吉狄马加早期作品的代表，因此并
不像他后来的作品，比如《自画像》《我，雪豹……》《大河》《裂
开的星球》《应许之地》等传唱那么广，但这几首诗所蕴含的那种

---

①彝族认为绵羊是温驯的神，杀它不能用凶器，只好扭转它的头让它窒息而
死，然后再用它的五脏供奉祖先。

自身民族所具备的独特的文化气质，那种久踞高山、欲览天下的雄阔胸怀已经显露无遗。正如吉狄马加在《瞬间录》里所说的："什么是彝族的诗，什么又不是彝族的诗，千万不要简单地下一个结论，那样只会阻碍中国彝族诗歌的创作，写诗的人也不会相信。随着社会的发展和变化，艺术表现形式和欣赏习惯也相应地有所变化。我看只要诗人的作品，体现出了他那个民族的精神本质和美学意识，他的诗就是那个民族的诗，这是不用怀疑的。"同时，吉狄马加也说道："请把我们的目光面向世界文学吧，因为今天的文学需要我们这样，否则我们将是一个可怜的人。"这是在 20 世纪 80 年代初期吉狄马加发出的呼唤，事实上，在今天看来，这些话语仍然有着极其强烈的现实意义。

作为一名在世界上具有广泛影响力的诗人，吉狄马加牢牢地站立在自己的民族根系之上，并将目光积极投向世界各个角落。——这犹似火焰产生于"根部"的燃烧，而外在柴薪的"添加"决定了火焰的高度。除了艾青等国内诗人，拉丁美洲等在文化上的多元性和丰富性，"能让我们看到不同文化在相互联系和共存中所形成的巨大张力。"（《火焰上的辩词》里的"在这个时代诗人仍然是民族的代言人和人民忠实公仆。"）而正如这篇文章中所说的，这种张力能够产生不同体质的文化。

作为一个卓越的国际性诗人，吉狄马加具有着广阔的视野与博大的胸怀，和对这个世界的热情关注、审视、思考以及批判与颂扬。而这与火作用于彝族的民族心理不能说毫无关系。他在一首叫《这个世界的欢迎词》里这样写道："这是一个偶然？／还是造物主神奇的结晶？／我想着一切都不重要／当你来到这个世界

/ 我不想首先告诉你 / 什么是人类的欢乐 / 什么又是人类的苦难 / 然而我对你的祝福却是最真诚的 // 我虽然还认不出你的名字 / 但我却把你看成是 / 一切美好事物的化身 / 如果你需要的话 / 我只想给你留下一句诗：/——孩子，要热爱人！"这首诗的节奏、韵律、气度，就像是一团熊熊燃烧的火焰一般，热烈、真诚、坦率，就像谁也不能无动于衷于一团火焰一样，谁都不能无动于衷于它的面前！这就是"火的诗人"的典型精神气质和精神象征。

　　具有广阔的人类视野和拥抱世界的博大胸怀，并一致火一般追寻着光明、寻找着光明的未来，这或许是吉狄马加的诗歌走向国际的另一个极其重要的原因。而这样的视野与胸怀，与他一开始便像火一样追寻着光明、寻找着光明的未来的精神本质不无关系。他在《一种声音——我的创作谈》里写道："我写诗，是因为有人对彝族和红黄黑三种色彩并不了解。"红黄黑是彝族的三原色，蕴含着他们对世界的认知及认知方式，其中红色，象征着火、血液、生命、热烈、激情。彝族诗歌和尔比尔吉（谚语）中，这样的意象和具有这样象征意义的内容也是随处可见的，吉狄马加作为一个追求光明和具有火一样不断向上之精神的诗人，也是如此。例如他在《火塘闪着微暗的火》中这样写道："在洪流消失的地方 / 时间的光芒始终照耀着过去 / 当威武的马队从梦的边缘走过 / 那闪动白银般光辉的 / 马鞍终于消失在词语的深处 / 此时我看见了他们 / 那些我们没有理由遗忘的先辈和智者 / 其实他们已经成为这片土地自由和尊严的代名词……"深情，隽永，富有哲理性的思想启发。而在火光中，我们可以看见"时间的光芒始终照耀着过去""此时我看见了他们 / 那些我们没有理由遗忘的先辈和智者……"彝族人生在火塘边，死时火化谓之火葬，对火有着非常特殊的感情。

而诗人吉狄马加，就是一位不断为诗歌燃烧着自己的虔诚的"诗歌之子"。阿根廷诗人胡安·赫尔曼就在他《吉狄马加的天空》的结尾写道："吉狄马加 / 生活在赤裸的语言之家里 / 为了让燃烧继续 / 每每将话语向火种抛去。"

由此，诗人吉狄马加火一样的精神禀赋和以诗歌的形式给我们带来的精神启迪、人生启迪，是深刻的、令人难忘的；而他火一般一直燃烧的精神和卓尔不群的精神塑像，会像我们当下面对的高山一样，自然而然地屹立在我们面前。

群山引路的血缘或词根

——吉狄马加诗歌中的地方与记忆

邦吉梅朵

吉狄马加在《一个彝人的梦想》中说：

"我的思维方式常常徘徊在汉语和彝语之间，我的精神游移在两种甚至多种文化的兼容和冲突之间。"[①]

这是一种比较普遍的少数民族写作者的内心冲突，而且这种内心冲突在会说母语、懂母语、能够用母语写作的少数民族作家那里会表现得更加明显且复杂，他们面对的不单单是两种语言及其思维模式之间的差异，更是两种文化甚至文明之间的明显不同。因此，如何用一种标志性的符号化方式将差异性的经验表达出来，是一个少数民族作家写作的核心，而这种被表达或表现出来的差异性在更多的时候并不存在一种孰优孰劣孰好孰坏的价值判断，而更多指向写作者的身份认同、自我辨识、个体的生存经验和文

[①]吉狄马加.鹰翅与太阳[M].北京：作家出版社，2009：389.

明文化之间的渗透与嵌入，以及本民族日常经验中的古老传统和文明表征等。因此，少数民族作家的个体经验和写作时常处在多种对耦性的关系中，比如母语与汉语、少数民族原生文化与汉族文化、古老文明与现代文明、民族性与世界性、个人性与公共性等，值得一提的是，这些对耦性关系并不是稳定或固定的，它们处在一种相对性的变化或拓扑性的扩展关系之中。因此，少数民族写作者的内心冲突并非一种矛盾、对立或者抵牾，而是写作中的生长点。因此，我将这种内心冲突概括为自我识辨中的"居间状态（in-between）"，这种居间状态是他们写作的丰富性和多样性所在，也是一种结构性力量或内在驱动。

吉狄马加作为彝族诗人，他的诗歌塑造着我们对彝族文化及其传统的认知，他的诗歌首先提供了一份关于彝族的地方类型经验，诗行中总能看到吉勒布特、布拖、古里拉达等这些具体的彝语地名，通过这些地名我们可以情境化地考察人地关系或人类与自然之间的精神纽带，比如《吉勒布特的树》《黑色狂想曲》等诗歌中去个性化的外部视角，是反映族群性的客观现实，《我是彝人》《自画像》等诗歌中以自我为中心的内部视角，是反映族裔性的主观现实，对于诗人而言，这种经验不仅存在于一个地方，而且存在于一个地点，这恰好说明的是现代地方经验内在的二元性，这种二元性也是多元性的萌芽，是诗人内心冲突的外化或者说居间状态在写作中的表征。更多的时候，我们会把这类诗歌视为诗人的身份认同或主体性建构，今天我们不妨把这个问题视为诗人自己与栖息地之间强烈的情感联系，其述行维度是对地方的态度，这个态度不单单是反映依赖、崇敬，还有展望和希冀式的建构。

因此，吉狄马加写作的地方性特征中，时常展现出历史变迁中个体复杂的精神网络和一个地方流动性的图景，比如《献给妈妈的二十首十四行诗》《老去的斗牛》均体现出诗人在居间状态下的文化归属和语言选择。

其次，吉狄马加的诗歌展现了彝族社会文化语境中现在和过去的互动，是一种兼具个体记忆和集体记忆的文化记忆。吉狄马加在诗歌中把时间和空间的维度、民族的历史和景观融合在一起，从风景体验中挖掘出深层文化记忆，成为一道民族的记忆风景。比如《我曾看见》《火焰上的辩词》《迟到的挽歌》中，我们不难看到族群的历史是吉狄马加诗歌中的一种保持着活力和重新激发的集体意识。既符合个人的文化想象，又用诗、画将民族历史植入同时代人们以及后来人的意识之中。有人将吉狄马加的诗歌涵括为群山的诗学，群山作为自然的一部分，关于群山的记忆便是对自然的记忆，自然记忆作为嵌入心灵的记忆，是吉狄马加个体记忆中的场所／地方，也是彝族人形态坚固的集体记忆，群山融合个人记忆和群体的经历。吉狄马加关于群山的描述表现出的是一种更具持久性的神圣化的世界观，把群山作为客体化的文化表征，建构了一种自我与他者皆认可的自我诠释模式。

吉狄马加的诗歌为我们提供了一个扎根于群山的文学象征图景，让我们体会世界广阔性的和弦以及内心存在的深度。

没有边界的世界

——论吉狄马加诗歌超区域的主体性建构

拉玛伊佐

一、确认与代言：基于族群与地域的主体性建构

1985 年，吉狄马加出版了第一部诗集《初恋的歌》。诗人流沙河在序言中写道："一个古老的少数民族出了一个年轻的现代诗人……"，[1]他感到吉狄马加的诗歌中有彝人的灵魂在跳跃。也就是说，吉狄马加《初恋的歌》在诗歌美学上具有鲜明的族群文化特征。孙静轩则最先指出吉狄马加诗歌的地域性特征。他认为吉狄马加是从全球文化史的视野，用现代人的思想和眼光去认识、审视和考察他所在的地域和族群的。1989 年，吉狄马加出版了第二部诗集《一个彝族人的梦想》。孙静轩在序言中进一步肯定了吉狄马加的写作路径。他认为吉狄马加熟悉和理解他所在的地域。因此也更加能把握和表达他所属族群特有的感觉、色彩和精神。与吉狄马加来自同一个族群的诗人、批评家罗庆春也认为吉狄马

---

①吉狄马加. 初恋的歌 [M]// 流沙河. 序《初恋的歌》. 成都 : 四川民族出版社，1985 : 1.

加的"诗歌创作不论从艺术风格还是思想蕴含方面都有着自己独到的艺术建构和创造性启示，成为当代彝族文学创作无可厚非的典范，并突出地表现出一代民族先觉者的文化形态和文化策略。"①

在20世纪90年代之前，吉狄马加的诗歌更多关注自我和地域、族群与族群文化传统之间的关系。在《初恋的歌》中表现出了探索这一关系的过程。他在《代前言》中就写道："我的歌……/是献给这养育了我的土地的/最深沉思念"，②他继续写道："我的歌……/是献给我古老民族的/一束刚刚开放的花朵"。③这说明在吉狄马加刚刚踏上诗坛时，就已经确认自己作为一个歌手，为土地和族群而歌。他这一想法，在《致自己》中表现得更具体，他说："如果没有大凉山和我的民族/就不会有我这个诗人"。④从吉狄马加早期的诗歌中，我们可以看出，吉狄马加在诗歌对自我主体性的超越地域性建构，他把小我不断扩大，并宣称自己作为代言者的角色，但这一建构过程具有渐进性。

姚新勇指出："就在刚刚进入20世纪80年代起，'民族本位'意识的觉醒就开始在一些少数族裔作家那里萌生……彝族青年诗人吉狄马加，也用柔嫩的嗓音呼唤着母亲，父亲的归来。"⑤在《初恋的歌》中，有不少诗歌是诗人以孩子的口吻，来诉说他与地域、族群之间的关系。譬如："猎人孩子的梦想很简单/猎人的孩子的

①罗庆春.论吉狄马加诗歌的文化品格[J].西南民族学院学报（哲学社会科学版），1995，（05）.
②③吉狄马加.初恋的歌[M].成都：四川民族出版社，1985：1.
④吉狄马加.一个彝人的梦想[M].北京：民族出版社，1989：3.
⑤姚新勇.寻找：共同的宿命与碰撞[M].北京：中国社会科学出版社，2010：22.

祈求很有限……只求有母爱／又有父爱……"①在刚刚摆脱制度对诗人自由创作的影响时，事实上，诗人在小心翼翼地以孩子的口吻呼唤自己本民族的传统，但他不仅带着呼唤也带着批判的色彩。他说："爸爸／我——不——能——开——枪"。②正如罗庆春所言，吉狄马加的"艺术成就不可多得地标志着彝族这一古老民族面临新的多元文化冲击，不得不重新审视和思考自我民族的文化命运，以及一代文化新人的历史使命与时代忧患的真正醒悟。"③

　　20 世纪 80 年代的中国社会，各种艺术思潮风起，当诗人用另外一种眼光去看待本民族的文化时，也难免有一些文化的失落感。在《孩子与森林》中他这样写道："你走得那么匆忙／为了到平原去玩耍／和妈妈告别时，你竟忘了唱／森林里那支古老的民谣"。④这也许就是罗庆春所说的先觉者的忧患，在《失落的火镰》和《失去的传统》等诗篇中都体现了对失去本身的焦虑情绪。但即使因为这样的失落所带来的微弱的焦虑感，诗人也立刻把笔触转向对自己文化的守望。他继续以孩子的口吻说："于是你要跟着妈妈走／孩子啊我的孩子／爸爸还等在家乡森林的小路上"。⑤

　　诗人没有一直沉浸在作为猎人孩子的童年世界里，他渴望成长，渴望成为一个真正的男子汉。于是他借助彝族民俗"穿耳"仪式，在诗歌《永恒誓言》中为自己举行了一次隆重的"成年礼"仪式。穿了耳，戴了耳环后，诗人就可以做那些只有成年人才可以做的事。因此，诗人兴奋地说："我和男人们一起去出猎／像他们／一样骑

①②④⑤吉狄马加 . 初恋的歌 [M]. 成都 : 四川民族出版社，1985 : 3-15.
③罗庆春 . 论吉狄马加诗歌的文化品格 [J]. 西南民族学院学报（哲学社会科学版），1995，（05）.

马,一样饮酒,一样唱歌"。①但成年也因此要承担起成年人的责任,而且要随时准备面对不幸,"不幸有一天出猎,一只黑熊 / 咬伤了我……但我没有哭 / 因为我是 / 一个骄傲的 / 男子汉"。②从此以后,诗人再也不是那个尚未长大的猎人的孩子,而是在不断地离开高山和森林的过程中,无限靠近自己的土地和文化传统的男人。他成为一个反复出走和回归的人。在"成人礼"之后,诗人不再以孩子口吻歌唱,而是以一个猎人的后裔在歌唱。他唱道:"假如有一天猎人再没回来…… / 那猎人的儿子 / 定会把篝火点燃"③这是"成人"之后的猎人的"儿子"对于继承和传承民族文化传统那不息之火的一种自觉担当。

姚新勇认为"进入20世纪80年代中期后,表现于少数族裔文学中的'民族意识'的苏醒,就高涨为自觉的'民族主体精神'的张扬。"④虽然这不是当时少数族裔文学主题的全部内容,少数族裔诗人们也没有完全停在这一民族精神主体性的建构当中,而是继续通过身份和地域文化的自我确认和多元文化的吸收,把自我和民族的主体性扩展到更为广阔的地域,这是本文下一节主要讨论的话题。但毋庸置疑,吉狄马加诗歌基于身份和地域的主体性建构,是在20世纪80年代中期以后完成的,在诗集《初恋的歌》《一个彝人的梦想》中的许多篇什中可以看出,这种建构的渐进性和层次感,譬如在《自画像》《黑色的河流》《老去的斗牛》等诗篇逐渐表现出了作为诗人的个体生命逐渐扩展,成为民族精神的代言者角色的过程。

---

①②③吉狄马加. 初恋的歌 [M]. 成都:四川民族出版社,1985:10-19.
④姚新勇. 寻找:共同的宿命与碰撞 [M]. 北京:中国社会科学出版社,2010:24.

　　吉狄马加在一次讲演中这样为自己辩护，他说："我们别无选择，只能把我们每一个民族伟大的文化传统更完整地呈现给这个文化多元的世界，呈现给已经延续了数千年的人类文明共同体，从而让我们的文化创作成为人类共有的精神财富，也只有这样，我们才能在全球各民族都在经历的现代化过程中重塑自我，并且进一步高扬我们原始根性的文化意识，真正重构我们的身份认同，让我们的作品成为人类历史记忆中永远不可分割，同样也不可替代的组成部分。"[①]他在这段话中所提到的认同，是在许多诗歌当中表现过的，尤其是在《自画像》中通过"是"这一肯定性的动作，表现出吉狄马加从小我到族群代言者的身份建构过程。虽然他用汉语写作，但在诗歌中他首先肯定"我"作为彝文写下的历史，再追认"我"作为彝族英雄史诗《支格阿鲁王》的主人公支格阿鲁，作为他的父亲，他也追认自己作为土地上河流的儿子，叙事长诗《呷嫫阿妞》的女主人公美神呷嫫阿妞作为他的情人，他还通过彝人葬俗书写，肯定自己作为生生不息的彝人的后裔，然后他把"我是"这一肯定性的动作，泛化到更为广阔和终结性的生命领域，他说："其实我是千百年来／一次没有完的婚礼／其实我是千百年来／一切背叛／一切忠诚／一切生／一切死"[②]最后诗人喊出了20世纪80年代中期已降，那句扩展到彝族音乐，绘画等其他艺术领域的声音"我——是——彝——人"。

　　这标志着吉狄马加的诗歌基于族群和地域文化初步建构起了大于小我的民族代言者的自我主体性。但这也不意味着吉狄

①吉狄马加.敬畏群山 [M].合肥：安徽文艺出版社，2018：120.
②吉狄马加.初恋的歌 [M].成都：四川民族出版社，1985：86.

马加就是一个"民族主义"诗人，张清华就指出过吉狄马加"对于本民族的热爱以及民族身份的认同，从来都没有离开他对于个体生命的赞美，没有离开他对于人类的大爱，以及对其他有着相似境遇或命运的民族的理解和悲悯。这一点使他的作品不但具有了鲜明的民族性，还同时具有了强烈的超越性，有了世界观念与人类视野，以及文化上的兼容与对话性，这是吉狄马加作为一个民族歌手，作为一个具有多重身份的诗人最值得赞赏和讨论的一点。"①

二、看见与认出：基于他者文化的超区域主体性延展

1991 年，《罗马的太阳》出版，这标志着吉狄马加试图超越本土性经验，对更为广阔的世界进行的探索、理解和书写。李怡指出，吉狄马加诗歌受到"区域文化的横向影响、传递和共同文化的感召力，使诗人吸纳了多种文化信息，其主体心理世界得到了丰富和充实，从受区域束围，到无限洞开，建构起了一种超区域的主体性。"②主体性建构的超地域性开拓，对吉狄马加而言，是一个漫长的过程，但种子已经包孕在了他开始创作诗歌的时候。在他第一部诗集出版时，批评家们除了对吉狄马加基于文化地理建立起来的代言者的主体性身份给予积极评价外，他们的话语中还夹杂着对吉狄马加诗

<hr>

① 特·塞音巴雅尔. 吉狄马加研究专集（下）[M]// 张清华. 火焰与土地的歌手——关于基地马加的诗歌. 北京：作家出版社，2012：947.
② 李怡，段从学，肖伟胜. 大西南文化与新时期诗歌 [M]. 重庆：西南师范大学出版社，2002：237.

歌的另一个批评维度。孙静轩指出："你是属于世界，属于现代的。但你首先是属于大凉山，属于你自己的民族。"①他富有预见性地指出吉狄马加诗歌区域性和超区域性的倾向，当他读到《古老的土地》时以激动且诗性的话语写道："只有人类的儿子，只有眼睛望着世界的人，只有长着一双幻想的翅膀的现代诗人，才能写出这样的诗句。"②《古老的土地》是吉狄马加早期诗歌中，体现其主体性跃出地域和族群边界的证明。李亚伟指出，"一个彝族诗人想要表达他对世界的感受，却几乎只能从凉山开始，至少到吉狄马加为止是这样。"③正如诗人李亚伟所说，吉狄马加正是从脚下的土地出发。他说："我站在凉山群峰护卫的山野上／脚下是一片神奇的土地／这是一片埋下了祖先头颅的土地。"④批评家们敏锐地意识到马加诗歌中主体作为族群和土地的儿子这一点。雅克·达拉斯认为，"对于吉狄马加而言，我们感到，他语言的基础完全忠实于他与他的土地和他的民族（彝族）的真正的深刻关系。"⑤马莱克认为这种现象在欧洲的诗歌中不常见，但他指出吉狄马加"在诗歌里不断地公开声称：我是彝族人，我是这块土地的子孙"⑥吉狄马加把具体的土地抽象

①孙静轩.序《一个彝人的梦想》[J].当代文坛，1987，（06）.

②孙静轩.从大凉山走向世界——同彝族青年诗人吉狄马加漫谈[J].当代文坛，1985，（12）.

③特·塞音巴雅尔.吉狄马加研究专集（下）[M]//李亚伟.全球化、传统、民族和我们的诗.北京：作家出版社，2012：1059.

④吉狄马加.初恋的歌[M].成都：四川民族出版社，1985：89.

⑤阿多尼斯等.吉狄马加的诗歌与世界[M]//[法]雅克·达拉斯.在吉狄马加的"神奇土地"上——读吉狄马加的诗.树才，译.成都：四川人民出版社，2017：9.

⑥阿多尼斯等.吉狄马加的诗歌与世界[M]//[波兰]马莱克·瓦夫凯维支.致诗人吉狄马加.胡佩方，译.成都：四川人民出版社，2017：26.

化和原型化了，他说"古老的土地／比历史更悠久的土地／世界上不知有多少这样古老的土地"①

张清华对这一点有着敏锐而深刻的理解，他把吉狄马加关于土地在原型意义上还原和书写的能力，与吉狄马加的整个写作历程和重要性关联起来。他认为吉狄马加在原型意义上是一位不可忽视的诗人："因为他从 20 世纪 80 年代初期开始，就将他的写作锁定在他的故乡的土地上，锁定在祖国和世界这块更广大的土地上，他把对于生活、生命、生存的歌唱，建立在了深厚的土地之上，并由此获得自己广阔的抒情对象与意义空间。"②在这首诗歌中，吉狄马加把原型意义上的土地还原为土地上那些创造了古老文明的种族和部落，他说："我仿佛看见成群的印第安人／在南美草原上追逐鹿群……我仿佛看见黑人，那些黑色的兄弟／正踩着非洲沉沉的身躯……我仿佛看见埃塞俄比亚／土地在闪着金色的光芒……我仿佛见顿河在静静流／流过那片不用耕耘的土地／哥萨克人在举行婚礼……"③

吉狄马加后来在青海国际土著民族诗人帐篷圆桌会议上与美国印第安诗人西蒙·欧迪斯对话过，他们对话也没有离开土地这一命题。西蒙的译者曾这样评价他们的对话，"可能最能引起他共鸣的是在青海遇到一位有着同样背景、同样为土地倾情歌唱的中国少数民族诗人吉狄马加……他们好像是一见如故，发现相互之间竟有那么多的相同之处……他们无限地赞美和眷恋自己的民族

---

①③吉狄马加. 初恋的歌 [M]. 成都：四川民族出版社，1985：89-90.
②特·塞音巴雅尔. 吉狄马加研究专集（下）[M]// 张清华. 火焰与土地的歌手——关于基地马加的诗歌. 北京：作家出版社，2012：943.

和文化，关怀少数民族在当代世界的命运，关怀土地的命运。"①
西蒙本人也在对话中承认土地与诗歌之间深刻而根本性的关联，
他认为"文学，尤其是诗歌，具有一种内在的潜质和能力，把人类、
众生与大地联系起来。诗歌作为一种精神方式，表现了人和土地
根本的关联。"②

　　对于非洲，吉狄马加在许多访谈、讲演和文章中都有所提及。
他强调"我可以毫不夸张并自信地说，在中国众多的作家和诗人中，
我是在精神上与遥远的非洲联系的最紧密得一位。对此，我充满
自豪。因为我对非洲的热爱，来自与我灵魂不可分割的一部分。"③
他不断提到，20 世纪 30 年代《黑人大学生》杂志的创办，"黑人
性"的提出，给予同样处在世界上边缘和弱势位置的先觉者以精
神上的启迪。他也常常认为莱奥博尔德·塞达·桑戈尔、戴维·迪
奥普和艾梅·塞则尔等诗人是自己诗歌创作上的精神导师和兄长。
因此，他说"我的文学写作生涯从一开始就和黑人文学以及非洲
历史文化有着深厚的渊源。"④托马斯·温茨洛瓦在评吉狄马加诗
歌时指出："捍卫弱小的民族及其语言、传统和自我认同感，这已
经成为我们今天面临的重要的、非常艰难的问题之一。"⑤吉狄马
加对弱小民族的遭遇怜悯、同情且感同身受。他曾在访问南美秘

---

① [美] 西蒙·欧迪斯. 为雨而行 [M]. 余石屹，译. 北京：清华大学出版社，
2013：11-12.
②吉狄马加. 与群山一起聆听 [M]//[美] 西蒙·欧迪斯. 吉狄马加与西蒙·欧
迪斯对话. 南京：江苏凤凰文艺出版社，2018：101.
③④吉狄马加. 敬畏群山 [M]. 合肥：安徽文艺出版社，2018：76-78.
⑤阿多尼斯等. 吉狄马加的诗歌与世界 [M]//[立陶宛] 托马斯·温茨洛瓦. 民
族诗人和世界公民——在"全球视野下的诗人吉狄马加学术研讨会"上的发
言. 刘文飞，译. 成都：四川人民出版社，2017：30.

鲁印第安人时感受到少数族裔那宿命般的境况。因此，他带着某种道德或者人道主义的感情，以商量和探讨的口吻说："我认为今后人类的发展，是不是要多关注一下土著民族的生存，解决一下他们生存的危机，帮助他们未来的发展，这不仅仅是人类社会发展的责任，还应该被放在更高的道德高度来认识。"①

孙静轩在 20 世纪 80 年代对吉狄马加诗歌的评论富有预见性。他认为吉狄马加是一个总把目光转向世界的心胸开阔的诗人。张清华认为，随着阅历的增长和视野的开阔，吉狄马加 20 世纪 90 年代以来的诗歌创作是对世界主题和人类情怀的深化。在诗集《波罗的海的太阳》中，吉狄马加对超区域主体性的建构更加地有宽度。如果说前两部诗集，是对诗人的文化命运和族群身份类似的种族和人们以同情、理解和讴歌的话，那么在这部诗集中吉狄马加把目光投向了普通的"陌生人"、法西斯暴行的抵抗者，伟大而孤独的诗人。在这部诗集中，吉狄马加把基于民族和地域建立起来的那个主体性与他处境相似的民族的那个富有理解同情的吉狄马加相结合，然后延展到对人类更为普遍的苦难的理解当中。

诗集《罗马的太阳》第一辑"罗马的太阳"与第二辑"故土的神灵"，都体现吉狄马加诗歌主体性开拓的综合性。两辑中的许多诗篇，延续了《初恋的歌》和《一个彝人的梦想》中把彝族和其他的少数族裔作为书写对象。诗歌中的主体是作为民族代言者和土著精神的申扬者的形象，如《吉普赛人》《彝人》《太阳》《反差》

---

①吉狄马加.与群山一起聆听[M]//[美]西蒙·欧迪斯.吉狄马加与西蒙·欧迪斯对话.南京：江苏凤凰文艺出版社，2018：101.

等都体现了这一点。但这类诗歌在一定意义上不是书写差异，诗人试图在差异的书写中通向人类共同遭遇和生命经验的道路，就像他在《彝人》中写道："在滚动的车轮声中／当你吮吸贫血的阳光／却陷入了／从未有过的迷惘"，①在《吉普赛人》中，他书写了同样的生命处境和情感，他说"你的马／迈着疲惫的四蹄／文明的阴影／已将它／彻底地笼罩"。②这部诗集第一辑中的大部分诗歌都表现了诗人把自我的形象建构为一个超地域的为人类歌唱的形象，就像诗人在《我渴望……》中写道："但我断定／我的使命／就是为一切善良的人们歌唱／（我歌唱／因为我渴望）。"③

三、理解与救赎：基于生命与星球的"世界诗歌"

2017 年，当代俄语诗人叶夫盖尼·叶夫图申科在吉狄马加俄译本诗集序言《拥抱一切的诗歌》中写道："他身上充盈着对人类的爱，足够与我们大家分享。这是一位中国的惠特曼。他的身材并不魁梧，他的手也不算大，可他的身与手却足以使他拥抱整个地球。他的诗歌也是这样，是拥抱一切的。"④叶夫图申科的这一论断是李怡关于吉狄马加诗歌主体性建构的一种回响。李怡认为："这种超区域的主体性意味着，吉狄马加以文化整体系统中质的多元性取代了原区域的一元性，或原来一元性的本民族文化的幽闭状态化为涵摄多元文化的开放状态。它无疑给吉狄马加诗歌带来

①②③吉狄马加.罗马的太阳[M].成都:四川民族出版社，1991:21-57.
④吉狄马加.敬畏群山[M]//[俄]叶夫图申科.拥抱一切的诗歌.刘文飞,译.合肥:安徽文艺出版社，2018:438.

了广阔的前景，诗美形态及其文化品格的不断提升。"①的确，21世纪以来至今，吉狄马加写出了《鹿回头》《回望二十世纪》《水和生命的方向》《大河》《雪豹》《玫瑰祖母》《裂开的星球》等诗歌，关注和回应了这个星球上不同种族、不同文化以及不同生命的遭遇和存在境况。吉狄马加在诗歌中实践了一个超区域的主体性不断延展的历程。这种延展是跨越地理边界，同时也跨越文化边界和物种边界的。吉狄马加这种主体性的建构是基于生命和星球的世界诗歌，这种诗歌具有真正的无边界性。

　　批评家们对吉狄马加诗歌写作中这种超区域的主体性建构，给予了积极的肯定，包括他的英译者梅丹里认为："吉狄马加从未停止过他的追求，作为一个来自中国西南部少数民族的伟大灵魂，他要用诗歌承担起他的民族和民族精神与外部现实世界交流的使命。就文化身份而言，吉狄马加既是一个彝人，也是一个中国人，也是一位世界公民，这三者都是互不排斥的。"②托马斯·温茨洛瓦在"全球化视野下的吉狄马加诗歌研讨会"上指出："让我感到惊讶的还有这样一个事实，即吉狄马加不仅是他那一民族的儿子，深谙其民族的象征和传说，并能对之加以利用，他同时也是一位世界公民。"③委内瑞拉诗人——吉狄马加诗歌的西班牙语译者何

①李怡，段从学，肖伟胜. 大西南文化与新时期诗歌 [M]. 重庆：西南师范大学出版社，2002：237.
②阿多尼斯等. 吉狄马加的诗歌与世界 [M]//[美] 梅丹里. 诺苏缪斯之神的儿子——英文版《吉狄马加诗选》译序. 杨宗泽，译. 成都：四川人民出版社 2017：46.
③阿多尼斯等. 吉狄马加的诗歌与世界 [M]//[立陶宛] 托马斯·温茨洛瓦. 民族诗人和世界公民——在"全球视野下的诗人吉狄马加学术研讨会"上的发言. 刘文飞，译. 成都：四川人民出版社，2017：33.

塞·曼努埃尔·布里塞尼奥·格雷罗则说："我从遥远来到了近前，如此之近，以至我可以将吉狄马加看作是拉丁美洲的诗人，或更确切地说，是全人类的诗人。"①

在吉狄马加踏入诗坛时，国内有些敏锐的批评家也注意到了吉狄马加这种超区域的主体性建构，孙玉石就指出："诗人在挖掘民族灵魂中人性和爱的光芒，同时也在这个灵魂的塑造中注入了自己最深沉的爱的感情。吉狄马加诗歌的艺术生命之光，根源首先在这里。"②杨远宏在评论吉狄马加早期诗歌时也认为："由于他的不少诗篇优美、深邃而富于哲思的领悟，关注人类的存在、命运和处境，他同时也就加入了世界、人类的咏叹和歌唱，他当然也就获得了比之仅仅作为一个少数民族诗人更高的意义和价值。"③海外批评家对吉狄马加所追求的人性普遍的情感和世界性的眼光予以辨认，马莱克·瓦夫凯维支说吉狄马加："在自己的诗歌里证实了他是世界公民，这不只是他到过许多国家，认识了当地人民，了解了当代文化风俗，更主要的是他没有在那些地方刻意寻求差异，而是努力寻觅能够使人们更加亲近的因素。"④

正当人们为吉狄马加作为民族诗人和世界公民辩护的时候，吉狄马加正越出人类的边界，或者说吉狄马加一开始就不仅仅是为人

①阿多尼斯等.吉狄马加的诗歌与世界[M]//[委内瑞拉]何塞·曼努埃尔·布里塞尼奥·格雷罗.远在天涯　近在咫尺——读吉狄马加的诗.赵振江,译.成都:四川人民出版社,2017:3.

②孙玉石.不该惊动的蜜月——读吉狄马加诗集《初恋的歌》断想[J].民族文学研究,1987,(02).

③杨远宏.吉狄马加诗歌创作论[J].当代文坛,1993,(2).

④阿多尼斯等.吉狄马加的诗歌与世界[M]//[波兰]马莱克·瓦夫凯维支.致诗人吉狄马加.胡佩方,译.成都:四川人民出版社,2017:26.

类写作，而是为生命写作。正如耿占春所说："在当代诗歌界，吉狄马加是一位最具生态伦理意识的诗人。其生态精神不仅体现在长诗《我，雪豹……》，也体现在吉狄马加全部诗作中。"①的确，在吉狄马加的第一部诗集中关于那些猎人的诗篇中，有许多诗就表现出了吉狄马加的生态意识，他在《獐哨》一诗中以一个猎人的自述表现了一种人类的反思性。随着科技的迅速发展和人类对地球资源的极度开掘，地球生态危机也日益严重，这种危机在吉狄马加诗歌中得到不断回应，甚至贯穿于其所有诗歌写作的历程。在他不同的写作阶段，诸如《苦荞麦》《吉勒布特的树》《敬畏生命——献给藏羚羊》等诗篇中，他严肃思考除了人类生命处境之外的生物生命的处境，而且这种思考是跨越生命疆界，是对生命整体性思考。吉狄马加在《苦荞麦》中写道："荞麦啊，你看不见的手臂／温柔而修长，我们／渴望你的抚摸，我们歌唱你／就如同歌唱自己的母亲一样"。②耿占春指出："对吉狄马加诗歌中的生态伦理精神而言，这意味着将近代以来适用于人类社会的普遍价值更加普遍地富有同情心地向更广阔的生物圈扩展，给予每一生命以独特性、自由与非同质化的生存空间。"③这种对独特生命生存权利和空间的尊重来自对宇宙秩序真正的理解。就像吉狄马加在《我，雪豹……》中以雪豹的口吻说出的："一只雪豹，尤其无法回答／这个生命与另一个生命的关系／但是我却相信，宇宙的秩序／并非来自偶然和混乱"。④

---

①③耿占春. 像雪豹一样思考:民族志诗学与生态伦理——读吉狄马加的《我，雪豹……》[J]. 文艺争鸣，2015，（04）.

②吉狄马加. 身份 [M]. 南京：江苏凤凰文艺出版社，2013：48.

④吉狄马加. 我，雪豹……[M]. 北京：外语教学与研究出版社，2014：5.

　　事实上，吉狄马加对生命整体性的生态伦理思考，不仅来源于当下的处境，同时也来自彝族先民们的诗性智慧。他在一次对话中谈道："在我们彝族的古老传说里面，我们彝族人认为人类创世的时候，有血的动物六种，无血的动物六种，在我们的传说里，人和五种动物是兄弟，和六种植物也是兄弟，这在我们彝族人的传说里被称为'雪族十二子'。实际上，这种观念，本身就说明我们人类与所有的动物、植物都是平等的。"①

　　2020年，全球突发的公共卫生事件，使得许多政治家、思想家和诗人都从各自领域对人类的行为进行了反思，吉狄马加在这样的背景下写出了他的长诗《裂开的星球——献给全人类和所有生命》。在这首诗歌中吉狄马加基于生命和整个地球而写作的自我建构得以突显和完成，他真正意义上成了一个为生命和我们的星球歌唱的诗人。诗人痛苦地感叹道："哦！文明与进步。发展或倒退。加法和减法 /——这是一个裂开星球。"②但诗人在面对这个裂开的星球时，没有放弃，他说："哦，女神普嫫列依！请把你缝制头盖的 / 针借给我 / 还有你手中那团白色的羊毛线，因为我要缝合 / 我们已经裂开的星球。"③吉狄马加曾在国际土著民族诗人帐篷圆桌会议的致辞中对这一思考做过书面表述："那就是我们作为这个地球不同地域和民族的代言人，我们将义无反顾地承担起保护我们共同的生命母体——地球的责任。从更广阔的意义而言，我们是代表这个地球上所有的生命发言，我想无论它是

①吉狄马加.与群山一起聆听[M]//[美]西蒙·欧迪斯.吉狄马加与西蒙·欧迪斯对话.南京：江苏凤凰文艺出版社，2018：101.
②③吉狄马加.裂开的星球[J].十月，2020，（04）.

动物还是植物。"①也正因为如此，雅克·达拉斯才认为："对深陷在商业大都市尘俗妥协漩涡的平原地带的诗歌，吉狄马加提供了一种理解、宽容。甚至是智慧和拯救的可能性。"②

综上所述，吉狄马加诗歌中主体性的建构经历了一个长期的和变化的过程，使他的诗歌兼具民族性、中国性和世界性。他的诗歌从未放弃对民族和地域文化的书写，但他的诗歌却从未在这个多元的世界刻意强调差异，而是试图在差异中寻求人类共同苦难的出口。其诗歌基于地域和族群文化传统，逐渐建立起了一个超区域的主体性，从而使他的诗艺在民族与地域文化传统和世界主义与人类情怀之间驰骋。这一超区域的主体性建构过程，呈现了吉狄马加诗歌中的主体对边界的跨越，对这个星球上所有生命的赞美和爱，彰显了诗人的诗性智慧和博大胸怀。

①吉狄马加.敬畏群山 [M].合肥：安徽文艺出版社，2018：120.
②阿多尼斯等.吉狄马加的诗歌与世界 [M]//[法]雅克·达拉斯.在吉狄马加的"神奇土地"上——读吉狄马加的诗.树才，译.成都：四川人民出版社，2017：13-14.

"新原"诗人：以三个角度论吉狄马加
近十年创作成就

易　宁

从 2014 年至今，文学界见证了吉狄马加诗歌创作的"爆发"。2014 年初，他完成了长诗《我，雪豹……》，为自己的诗歌写作开启了新阶段。接着他完成了《不朽者》（2016）、《致马雅可夫斯基》（2016）、《大河》（2017）、《裂开的星球》（2020）、《应许之地》（2022）等规模庞大的作品，仿佛获得了一种"长呼吸"能力。当一位诗人如此多产，这种情况不可能不引起批评界的注意。就粗略的统计，从 2014 年到 2023 年，《中国知网》核心期刊总共发表了 44 篇标题出现"吉狄马加"的学术文章。其中还包括两个专栏："诗论·吉狄马加研究专辑"（《文艺争鸣》；2015-4）和"吉狄马加新作评论"（《当代文坛》；2016-4）。从上述因素不难看出吉狄马加可能是 21 世纪初中国诗坛不可忽视的人物。本论文不致力于详细的"文献综述"或"批评分析"，而是试图通过一些"大趋势"解释诗人在学界受欢迎的若干理由。为此，笔者将"原"字选为关键概念进行论述。本论文主要从三个角度为切入点：当代文学理论背景、中国当代诗坛状态、海外传播特征。本质上，这三个部分可以与文学分析的三个维度相比：语境、文本及跨文本。本论文在一定程度上，试图更准确地划出吉狄马加在中国当代诗歌界的位置，并能间接说明当前专业批评界对诗歌写作的需求。

一、因危机而还原：在当代文学理论背景下的
吉狄马加诗歌创作

尽管近十年来吉狄马加确实取得了令人瞩目的文学成就，但他的诗学并非一蹴而就。他的诗歌创作起源可以追溯到20世纪80年代。1985年，他的组诗《自画像及其他》获得了中国第二届民族文学诗歌一等奖，同年他在四川民族出版社出版了第一本诗集《初恋的歌》。可以说，那时他的创作的主要特征已经开始形成：他将"新时期"诗歌普遍的浪漫主义情调、彝族丰富多彩的文化及严肃的文学意图融为一体。也许，吉狄马加被引用最多的早期诗作是他40年前写下的《自画像及其他》。多年以来这首诗作为他的代表作。在过去的几十年中，学者多次反复讨论了这首诗的内容，所以本文只想对其开头与结尾进行说明。《自画像及其他》的题词分为四行：

> 风在黄昏的山冈上悄悄对孩子说话
> 风走了，远方有一个童话等着它
> 孩子留下你的名字吧，在这块土地上
> 因为有一天你会自豪地死去"

而作品最后两行如下：

"呵，世界，请听我回答／我——是——彝——人"。

在这两句话中读者看到了一个孩子的形象。很显然，这个"主人公"与吉狄马加当时的"青年心态"不无关系。然而，值得注意的是，这不是一个任性或撒娇的小孩，而是一个准备面临人生最致命挑战的孩子。诗人的严肃性是一篇"童话"的严肃性。由此可见，即使年轻时，吉狄马加已经意识到了他将要扮演角色的重要性。在他看来，作者不仅需要在这一世界留下自己的名字，而且还要在生命相对短暂的时刻留下关于自己民族的记忆：在最后两行他的"世界观"和"自我归属"同时展现。笔者认为，这首诗更多是提出了一种新的生活态度，以及对文化体系的新认知。吉狄马加要用民族文化的责任感抵抗现代主义的"冷漠"和后现代主义普遍所在的"质疑"。对这一论点下文提供更加详细的解释。

众所周知，吉狄马加刚开始诗歌创作时（亦即是20世纪80年代），西方理论界正在经历新的一波危机。这时候中国文坛才重新开始了解现代主义和后现代主义的研究成果。在文学创作领域中，"现代"与"后现代"常常是相互对立的。一般来说，坚持现代主义传统的作家渴望充分实现"自我"，渴望找出个性的核心。在这一过程当中，他们对各种现象不断地进行"内部化"，尽可能要用理性控制现实。相反，后现代主义的追随者往往想要对任何经验进行"相对化"——他们的探索不是"向内"而是"向外"，能够结合的体裁与形式越多越好。某种意义上，"现代"与"后现代"的对立好比亚里士多德《政治学》中的"正确的政制"和"败坏的政制"：对于古希腊哲学家而言，精英政制是最佳的政制形式，但如果少数统治者仅仅在满足少数富裕阶层的需求，那么精英政制就有可能沦为寡头政制①。显然，"现代"和"后现代"的创作方法同样各有其优点和缺点。比如，"健康的"现代主义者对自己的行为和创作成果提出一定的要求，每部作品不可低于某种水平。然而，一旦他走向极端，这种态度不仅会导致悲观情绪与自我创伤，而且还会呈现厌恶人类的不良趋势。如果作者开始像自己一样过于严格要求他人，那么很可能在他的眼中"他者"根本没有留下任何余地。至于后现代主义，最初这种世界观的关键意义就在于摆脱现代主义所带来的困境——20世纪下半叶越来越多的作者要取消多余的控制和约束，重新宣布创作自由。历史证明：在短期内，这些艺术家确实能取得一定的效果，但很快他们察觉到，彻底消除界限不仅会毁灭所有的价值，而且会让作品"千篇一律"，没有足够的创新与生命力。从商业逻辑来讲，更重要的是当创造性手段的密度下降，读者的兴趣必然也会下降。因此，创作领域和批评领域都停滞不前。艺术家和评论家很清楚地意识到：无论是"现代"还是"后现代"都不再可以达到预期的结果。

以上述内容作为参照，再回到吉狄马加的诗歌创作便会发现，早在20世纪80年代，他的作品已经不能被"现代"或"后现代"

①苗力田主编．亚里士多德全集（第九卷）[M]．北京：中国人民大学出版社，2016：142．

的框架概括。从《初恋的歌》一直到现在，他既不是"冷漠"的，又不是"空虚无"的。他一直是一位态度积极、充满对生活的投入，甚至是超越自己时代的写作者。他的艺术与20世纪文学领域的许多"大趋势"有明显的区别。然而，若回顾当年理论界的发展轨道可以发现，对文化危机状态与"贴标签"批评制度的出路主要在于提出创作方法的多样性。对此，俄罗斯思想家米哈伊尔·爱普斯坦多次进行评述。在他看来，当下人类过于迷恋各种"终结"（历史的终结、信念的终结、文学的终结等），但是如果一个人真正想要保持文化的生命力，他要把研究目光从"后"（也就是"后现代主义"意义上的"后"）转到"原"或者"新原"来探讨问题。①爱氏认为，将来文化与科技会同时指导人类的进化，他也特别强调人类需要发明新的学科。②如今人文科学领域的现状就在证明这一点。其中有学者不难看到新的两种研究体系。第一种体系要求材料的数字化和技术化（如：数字人文、超人类主义等），而第二种体系倾向于采用自然界与文化界所带来的知识（如：生态批评、多元文化、多种民族分析）。前者格外重视"新奇"，希望创造出史前未有的研究对象，而后者则寻求一种"还原"，以期在已经存在的世界中找到曾经被忽略的现象，并从其中获得启发。在这一套观念中，吉狄马加的诗歌可视为第二种体系的代表性案例。自20世纪80年代选择坚持自己民族归属以来，他形成了一种独一无二的诗学，并几乎立刻得到了学界的认可和支持。然后，在21世纪所完成的长诗中，他把自己的创作转化

①② [俄] 米·爱泼斯坦. 空白之符号：关于人文科学的未来 [M]. 莫斯科：新文学评论出版社，2004.

为一种完整的文化立场，使更多评论家关注与欣赏。为了进一步说明相关的道理，下文笔者主要聚焦于《我，雪豹……》和《不朽者》两首长诗进行浅析。

二、原型和原声：吉狄马加长诗的两个核心特征

如上述内容已经表明，现代主义与后现代主义都有其正面特征。前者强调作者的责任感，而后者能教人如何包容世界的多样性，如何对"他者"持开放态度。一定程度上，除了民族意识和生态批评的写法之外，吉狄马加也有意无意结合了"现代"与"后现代"的"精华内涵"，形成了一种独特的艺术性表达方式。首先可以对他的责任感进行论述。正如诗人早期的《自画像》所证明，吉狄马加对诗歌技艺的严肃态度是在"民族性"和"全球性"的交汇处尤为明显。当一部分人已经接受了数字化给他们带来的幸与不幸，如果一位作家仍然坚守上帝为人所创的世界，他只能坚持观察物质现实。也许，对相关过程最敏感的人群往往是少数民族。面临商业化、加速化、虚拟化等现象，彝人习俗和仪式至今保存得相当完好。比如，彝族史诗仍旧通过毕摩（宗教祭司）为后代口传。吉狄马加的诗歌充满"自然界"的意象，向读者展示大凉山的风物（如：土豆、苦荞、野鸡、老虎等）和具有当地传统文化色彩的细节（如：斗牛、披毡、火把、口弦等等）。对于彝族而言，"自然"与"人造"的两个境界并没有分开，而是相互交错。然而，更重要的是，大多数这些意象除了其"真实"的维度之外，还具有"原型"层次。在凉山

的传统环境长大，吉狄马加也擅长使用这些"让读者还原"的标志。比如，在他近期作品之中，《不朽者》是彝族文化色彩最浓的文本之一。这首长诗一共由103个片段构成，平均长度在2–5行之间。某种意义上，《不朽者》可以视为一种"彝族文化"的百科。作品纳入许多文化标志（括号里是片段的号码）：仪式（10）、史诗（22）、饮食（26）、服饰（73）等方面。然而，因为字数有限，这次笔者主要从"鹰"和"火"这两种富有原型含义的意象切入相关的问题领域。[①]

　　平心而论，倾向于现代主义的诗人通常会过于看重描述对象的细节：如果他看到了一只苍鹰，那么这几乎必须是这一只特定的、此时此刻的苍鹰。眼光敏锐的写作者应该先数清这只鹰身上所有失去的羽毛，而此后才去极为细腻地勾勒其姿势。可惜的是，如今能够符合这些要求的苍鹰，抑或是锁在动物园的笼子里，抑或早就被做成标本。相反，后现代主义者更常迷恋于模糊的描述：对他来说，苍鹰仿佛可以意味着任何事物：从玩具到赛博。说白了，这只鹰成为作者饶舌的借口。但在传统文化体系之中，人类与万物的关系并不像上述的情况。比如，彝族史诗英雄支格阿鲁的家谱可以追溯于"鹰"。在《勒俄特依》（彝族创世史诗）的《雪子十二支》一篇中，"鹰"则是"有血六种"之一（其他五种是蛙、蛇、熊、猴、人）。今日"鹰"在彝族传统中的地位也很高。因此，在《不朽者》中吉狄马加写道：

---

①罗振亚. 方向与高度——论吉狄马加的诗歌 [J]. 当代作家评论, 2018,（02）: 168–180.

鹰飞到了一个极限

身体在最后一个瞬间毁灭

它没有让我们看见

一次无穷和虚无完整的过程

在这里苍鹰是一种独立的存在物，也就是一种"原型"。虽然这只鸟的活动区与人间有些交叉点，但也总是保持一些只有它能知晓的秘密。这即是写作者的严肃性所在。诗人必须尊重写作对象，必须记得在"客体"之中隐藏古老的智慧。

第二种同等重要的主题是"火"：既是自然界的"天火"，又是仪式中的"圣火"。比如，《勒俄特依·雪子十二支》中对"火"的意象有这种叙述：

远古的时候

天庭祖灵掉下来

掉在恩杰杰的列山

变成烈火在燃烧

土地上的火也是象征"太阳神"之火——每个家里"火塘"位于中心位置，而彝族最大的节日即是月历六月的火把节。相关的母题也一直在吉狄马加的创作中得到体现。格外值得关注的是，在诗人的意象体系中，"火"经常跟"语言"连在一起，进入意象的"原型"层次。例如，《不朽者》第 80 诗节："格言在酒樽中复活 / 每一句都有火焰的滋味"，仿佛饮酒仪式意味着跟"火神"的对话。同理，在《火焰与词语》中诗人讲道：

> 我把词语掷入火焰
>
> 那是因为只有火焰
>
> 能让我的词语获得自由

"火"有"舌"故有生命——听从"火焰说话"的人能进入更高的精神境界，能聆听被当代世界的喧嚣所淹没的声音。

　　讲到"声音"主题，这也是学者讨论吉狄马加的重要原因之一。如上述理论综述所证明：当代文化现状格外强调艺术界的"多声部"特点。年轻时，吉狄马加已经为中国诗坛赋予了一种新声音——即是"新彝诗"的声音。此后四十年，彝族诗歌积累了一批令人印象深刻的作者：从阿库乌雾到拉玛伊作，从俫伍拉且到吉克·布，从巴莫曲布嫫到加主布哈等等。然而，一位意识到自己有话语权的诗人同样会考虑到世界上还有更多的人因某些原因无法为自己发言作证。如果这是一个人，那么可能是他缺乏教育或者缺少平台。但世界莫非仅限于人类吗？早在19世纪济慈已经提出了著名的"诗人无自我"说法，乔纳森·卡勒在其《抒情诗理论》一书专门提到了这个道理，认为"抒情"本身即是把声音借给他物[①]。诗人应该学会把自己的声音压低，为了表达"他者"的情绪而牺牲"个性"。在吉狄马加的作品里，这种趋势呈现在"动物意象"描述，尤其是在近期代表作《我，雪豹……》。

---

① See: J. Culler. Theory of the Lyric. Cambridge: Harvard University Press. 2017, vii.

在《我，雪豹……》中，吉狄马加把自己的"主体性"给予一只"雪豹"——整首诗是这只动物的独白。对于诗人而言，选择人称也是讲述手法之一。这次诗人之所以要换叙事者的面具，是因为他要让读者更容易进入故事。从一开始，长诗的重镇是"家庭"主题：

> 我是雪山真正的儿子
> 守望孤独，穿越了所有的时空……
> 毫无疑问，高贵的血统
> 已经被祖先的谱系证明
> 我的诞生

在这里，他的"生态批评"意识和包容他者的能力特别明显：人类之所以要珍惜所有的生命，是因为我们不知道生命的来源。原来，动物也有"血统"。或换言之，"人"也只不过是动物的一种。在长诗的前一半中，"雪豹"似乎并未离开其"自然分布区"，所以"我"的语气比较平静缓慢。如：

> 我们活在这里已经很长时间
> 谁也离不开彼此的存在

然而，到第八个诗节，叙事突然出现冲突，完整的世界观产生了裂隙，诗行的形式也要随之而变："追逐　离心力　失重　闪电　弧线"。从此，这首诗获得"诗剧"的特质。随之，叙事者的声音也发生了转变：单单感叹号的数量就增加了好几倍。诗中的"我"仿佛要用一种"劝谕性的"语气跟读者讲话：

> 我也会在临死前
> 大声地告诉世人
> ——我是谁的儿子！

然后，在故事中出现"不可逆点"：

> 一颗子弹击中了
> 我的兄弟

虽然，"我"依然活着，但"我"已经意识到在这个世界中，他不再有避难处。此处，"吉狄马加"要发挥他的"移情"能力，把讲坛让步给雪豹。只有如此，读者才能受到触动。或许，一只雪豹面对拿枪的猎手就会变成"弱者"，但"弱者"也应该有发言机会。吉狄马加就把自己的声音传给它。最后，长诗的结尾出现了警告，甚至是预言：

> 最后的审判
> 绝不会遥遥无期……！

总而言之，在笔者看来，诗中的"雪豹"完全可以视为一种提喻法，一种万能的、能替换任何生物的"他者"，或者另一种"原型"。因此，除了"生态批评"之外，诗人的想法围绕着万物生命的价值：因为没有人能挽回生命，所以也不应该有人轻易地夺去生命。人人要学会包容他者，这样他者才会包容我们。

当然，从诗歌史主流观点来论，基于原型和自然意象的长诗写作本身曾是"新时期"的产物之一，对于中国诗坛而言，这也并非吉狄马加一个人的发明。早在 20 世纪 80 年代杨炼在《诺日朗》，海子在《太阳》系列中都尝试过写出新的史诗，而翟永明在《女人》组诗中同样用了不少综合性意象（如：血、火、黑夜等）。然而，当杨炼进行一种"寻根实验"，翟永明通过"意象溢流"试图解决自己的内心情结，海子渴望走近"神乡"和超出人类的"集体回忆"并以此确立自己的写作体系，吉狄马加则掌握一种"前个体"的文化传统。作为彝人，他没有跟"祖先的灵魂"断交，他的诗学直接与不可测量的历史深度呼应。一定的程度上，这就是学界关注吉狄马加的理由之一。神话研究和原型分析作为学术方法没有经历过危机。到目前为止，无论高科技有多么发达，在生物层次上，人类依然是人类，其精神生活依然离不开祖先的基因和古老的神话意识。即使人类大致清楚了太阳的化学构成，但夏天天热时，大家仍旧需要避暑；人类发明了光伏电池，但植物依然继续吸收紫外线；在每个充电装置中休眠着曾经被神化的火焰。于是，吉狄马加的诗歌写作要再次更新人对"基本物质"的知觉，让他们重新面临"有火"的世界。确实，在当代诗人之间，有多少人能自豪地讲他们是"老鹰的后代"或"雪豹的兄弟"呢？对于现代主义者而言，写作对象通常是"密体"或"物自体"，诗人最多只能猜测与阐释其内在特质。而在"后现代"的范式之中，事物之间的关系不好厘清，他们相互叠加，有时到彻底不可分辨彼此。与他们相比，吉狄马加的声音非常诚实纯粹。或许，这种态度（或创作策略）才能吸引评论家：这样诗人并不凸显"自我"，不遮挡正在描述的景色和对象。在这种意义上，吉狄马加就可以填补当代诗坛的一个"空位"——自"新时期"结束以来，文学界缺少一位严肃、愿意"还原"的诗人。可能，20世纪80年代与当下唯一的区别是现在，在多元文化的背景下，这种立场只能是多种立场之一，不能占据整个批评话语的"中心"地位。上述的一切不仅仅展示国内的现状，也能够呈现国外的趋势。因此，本论文最后一部分将浅析吉狄马加的写作在海外的译介和传播问题。

三、多"原"诗人：吉狄马加诗歌基于语言、翻译和跨界艺术形式的传播问题

今日批评界仿佛对吉狄马加已经形成了一些共识：论述他的专家通常要从三个，或者四个层次研究他的作品。如果是三个，那就是：民族之子、国家公民、世界公民的身份；如果是四个，那便是：个体诗人、彝族诗人、中国诗人、世界诗人。[①]这完全符合威廉·布莱克名言："一花一世界，一沙一天国"，能够把吉狄马加放在"文化联络员"的地位。在笔者看来，这也符合本论文核心概念，也就是"新原诗人"的身份。整个20世纪的文学评论

[①]李晓峰.个人性·民族性·国家性·世界性——吉狄马加诗歌创作及研究的思考[J].当代作家评论，2020，（04）：105-111.

大多从"一国"的维度去判断诗人的文化价值。而现代诗人在世期间已经能为"半个地球"讲话，使研究者能够重新看到一个人的实力。当然，对于文坛而言，多元文化首先意味着多语言性——如今愿意将自己的作品传播到更广泛艺术空间的诗人仍然绕不开翻译问题。因为作为彝语母语者的吉狄马加，早期就选择了用汉语写诗，所以一定程度上，翻译即是他写作的基础之一。或许，如此他能对自己的母语进行陌生化。胡亮对此评价道："这是彝语的灵魂，注入了汉语的肉身。"①也许，诗人决定使用"汉语外壳"进行创作，恰恰是为了在两个文化之间发挥中介的功能。他愿意在汉族文化中作为彝族诗歌传统的代表者。无论如何，如果吉狄马加只是用彝语去创作，他在诗坛和学界的知名度绝对不会如此之高。

到目前为止，普通话对国内的统治力也许尚不及英语对世界其他语种的压制。在当下许多国家的诗人试图通过网络交流，实现一种同步化的创作。很多情况下，他们连英语都不需要——机器翻译带来足够便利（并且闪快）的解释。这种现状至少带来两个负面结果。第一，很多人的写作都受中间语言的影响（大多是中级英语），导致世界各地诗人的作品语言千篇一律，越来越相似，连语法与表达方式都相近，并因此而变得浅薄。第二，是诗人的注意力（其他人的注意力更不用说了）都转到"虚拟现实"，离开了上帝为我们创造的世界。随着越来越多人的生活沉浸在数字环境中，人类更容易陷入战争、危机和灾难。而人的死亡仍旧是在

———————————

①胡亮. 一万句克哲的约会——吉狄马加《不朽者》初窥 [J]. 扬子江文学评论，2020，（02）：84.

物理现实中发生的——到最后审判来临，如果诗人和艺术家都无言可讲，谁会是人类的律师？这一切让笔者想起宇文所安 20 年前对世界文学的哀叹。[①]与上述相比，近十年间吉狄马加向批评界展示一种非凡的远见能力，为上述文学传播模式提供另一种选择。大概从《我，雪豹……》的出版开始，他为自己的长诗找到了独特的出版方式，让书中的文本同时以多种语言"同载"。比如，《大河》由中国青年出版社出版时，直接出版了汉文、彝文、英文、德文、西班牙文、法文、俄文、罗马尼亚文平行版本。（《不朽者》也有类似的版本）。当然，批判者会说，这些书籍大多是在国内印刷流行，因此不能真正推动作品在海外的传播。然而，本论文之所以要强调这些版本的存在，而不探讨一般意义上的外文单语版或双语版，是因为笔者相信这多种语言的版本才是世界出版业的未来。大概自 2006 年以来，吉狄马加积累了不少普通的外文单语版本（以《时间》为典型的例子），但不要忘记：两门语言之间，正如两个点之间至多能画出一条线，而只有三个以上的点连接起来才能形成平面。假如，再过一段时间，高科技用某种机器能解决同传翻译的难题，但这依然消除不了每一门语言的独特魅力和诗意。让多种版本同时出现、"共存"，才能让全世界更多国家的读者一起"觉醒"，还同一个"原"，即是尽可能保持这个世界原初的多样性、活力以及完整性。

　　尽管已经讲了这么多，但吉狄马加的创作源头还是有水源可以汲取。对于跨界传播而言，重点还在于吉狄马加的艺术天

① See: Stephen Owen. "Stepping Forward and Back: Issues and Possibilities for 'World' Poetry". Modern Philology. 2003（04）. 532−547 pp.

赋不限于文学领域：他曾在幼时练习汉语书法，后来又自学绘画。他的图像作品也通常与他的诗篇一起印刷，形成一种多模态审美效应。在当下这些趋势可以叫作"多媒体"或"综合性"艺术，但在更古老的概念体系中，这完全符合"新整体"或"新融合"艺术的定义。可见，这又与上述的"神话分析"科学范式有些共同点，因为这种创作即是远古社会的关键特征。然而，正如龚学敏在2024年"吉狄马加诗歌及跨界创作作品研讨会"所指出，吉狄马加这一方面的艺术成就尚待专业研究者深入探究。虽然相比于语言艺术，视觉或音乐艺术门类较少需要中介人的"创造性参与"（也就是少于"翻译""第二次创作"手段），但在笔者看来，吉狄马加的作品完全可以以绘画展览、戏剧、音乐改编等形式进入海外文化语境。例如，诗人所重视的马雅科夫斯基形象曾也是如此。一百年前他跟其他优秀写作者创立"未来主义"诗歌流派，强调现场表演可不是意外：现在我们就在他们所描述的这种未来生活，并正在致力于形成更遥远未来的轮廓。有意思的是，今日继承所谓"大声派"的主要有音乐大众明星和偶像（不管是摇滚还是说唱），但是他们的表演技术恰恰是源于人类精神深处。在"还原"的意义上，他们的音乐会可不是"萨满仪式"？天生适合在群众的心头燃起火焰的人；难道不是重新投胎的毕摩灵魂？彝族文化对血统特别有讲究：根据家谱体系，吉狄马加就是属于彝人中的诺伙阶层，在历史上也属毕摩阶层。显然，他的基因组也有这种"烈火"。由此可见，一个人的灵魂只要能理会"还原"，能解脱"个体"的枷锁，就能展示整个人类的精神丰富性与复杂性。

结　论

在当下迅速而变的世界之中，吉狄马加的创作既要体现生态批评、多元文化的价值体系，又要汲取现代和后现代范式的精华。从一开始，他就是一位有世纪意识的少数民族诗人。他独特的"新原"诗学告诉大家：任何主流趋势，即使数字化或人工智能，至多能作为人类的发展轨道之一。人类总是有别的选择。换言之，也许人类最终目标并非创造一个能飞到火星的火箭，而是一种发射时能不燃烧土壤的火箭。为此，我们应该时常回顾历史，重新衡量已经发生的事件，再次考虑是否能踏上"未选择的路"（弗罗斯特语）。此时此刻的利益难以作为稳定的评价标准——通常这种野心只能展示死亡的新容颜。某种程度上，吉狄马加的"还原"技术即让他在世界舞台代表中国、彝族和诗歌本身。这样他就占据独一无二的地位，因为通常成为"成功人"意味着成为不可或缺的人。帕斯捷尔纳克有著名诗行：

枉然地为诗人留下了空位子
因为很危险，只要不虚设

如今，吉狄马加就来填补当代诗坛上的空位。

中国当代诗歌在意大利翻译与传播
——以吉狄马加诗歌为案例

思　远

一、中国当代诗歌在意大利翻译传与播总况

中国当代诗歌在翻译与传播的过程中，遭遇了一系列严峻的挑战，这些挑战的核心在于诗歌的"双重边缘化"现象。一方面，自20世纪以来，诗歌这一文学形式在意大利的文化格局中逐渐处于边缘地位。另一方面，尽管二战后意大利的新汉学研究经历了"现代转折"，但中国诗歌的研究与翻译并未占据显著地位，未能在主流文化潮流中占据一席之地。

这两个因素叠加，不仅使得意大利的诗人和读者群体对于外国诗歌，特别是中国诗歌的关注度相对较低，也制约了汉学家们对中国诗歌深入研究和翻译的热情与投入。然而，值得注意的是，自20世纪80年代起，以安娜·布雅蒂（Anna Bujatti）、鲍夏兰（Claudia Pozzana）、主西（Giusi Tamburello）、康薇玛（Vilma Costantini）等为代表的意大利汉学家，以及非汉学期刊的积极推动，为中国当代诗歌在意大利的传播打开了一扇窗口，逐渐使这一领域的文学交流变得更为

活跃。在此之前，从 20 世纪 50 年代中叶到 70 年代末期，意大利翻译的中国诗歌数量非常有限。这一时期的诗歌翻译深受政治意识形态的影响。毛泽东领导下的新中国使得当时的意大利左翼知识分子对毛泽东诗词产生了浓厚的兴趣。从 20 世纪 50 年代末期到 80 年代末期，意大利共出版了 15 部毛泽东诗词的意大利译本。①然而，这种对毛泽东诗词的"垄断"在一定程度上阻碍了对其他现代诗人的关注和翻译。

自 1970 年意大利与中国建立外交关系以来，两国在政治、经济和文化等领域的交流日益增多。1978 年对两国关系来说，都是具有深远影响的一年。在意大利，那一年天主教民主党的主要领导人之一阿尔多·莫罗（Aldo Moro，1916—1978 年）被绑架并遇害，这标志着一个以情感变化为特征的"回潮"时代的转折点。进入 20 世纪 80 年代，经济的繁荣和稳定使得人们开始忽视先前的政治理想。②多年前曾使意大利知识分子对中国文学和文化产生兴趣的意识形态热情已经渐退了。与此同时，中国方面，邓小平实施了改革开放政策，中国开始更加开放地面向外国，特别是西方国家，这也对中意关系产生了积极影响。

从 20 世纪 80 年代开始，意大利的汉学研究经历了"现代转折"，开始更加关注现当代文学作品的研究和翻译。③尽管多数文学翻译的重点仍然是意大利受众更偏爱的小说，但仍有若干杰出的汉学家兼译者致力于诗歌的翻译工作，为意大利读者展现了更为丰富

①数据包括第一版、再版、翻版与精装版.
②DI DIO T. Poesie dell'Italia contemporanea[M].Milano: Il Saggiatore，2023：151-152.
③陈友冰.意大利汉学的演进历程及特征——以中国文学研究为主要例举 [J].华文文学，2008，（06）：93.

和深刻的汉语文学世界。

　　意大利主要通过几个途径来传播中国诗歌，其中包括专门出版译诗集的出版社、刊载小诗选的非汉学期刊，以及在线诗歌博客或期刊。特别是在 20 世纪 80 年代和 90 年代间，非汉学专业的文学期刊在意大利的中国诗歌传播中扮演了核心角色。这些期刊的主编虽非汉学家，但他们接纳汉学家兼译者在刊物上刊登中国诗歌译作，由此推动了意大利本土诗歌与外国诗歌（尤其是中国诗歌）的交流。在 20 世纪 70 年代末和 80 年代初的出版业危机之后，从 90 年代起，通过出版社出版诗集也开始逐渐兴起。这些出版社多为中小型独立机构，其中一些如 Libri Scheiwiller、Interlinea、Castelvecchi 和 Damocle，与汉学家译者建立了紧密的合作关系。在选择作者和作品时，汉学家兼译者通常基于个人喜好、经验以及作者的代表性和声誉来做出决定。由于中国诗歌在出版市场中的小众地位，出版社往往接受这些建议，且较少面临与其他出版社的激烈竞争。

　　进入 21 世纪后，网络平台的兴起为专业汉学家、有志于翻译的新人及业余爱好者提供了展示中国诗歌译作的舞台。这使得中国诗歌在意大利的传播更加迅速和广泛，尽管这些网络出版物多数并非正式出版物。

　　总的来说，由于译者们倾向于根据个人喜好选择要在意大利翻译和介绍的中国诗人作品，并且出版社也支持这种选择，致使中国诗歌在意大利的传播缺乏一种系统化的翻译和传播方法。这种现状使得中国现当代诗歌在意大利的翻译和传播呈现多个维度上的不平衡状态。这些不平衡主要体现在诗歌作品的时期、性别和民族背景上。具体来说，意大利更多地关注并翻译了中国当代诗人的作品，而对现代诗人的作品关注较少；男性诗人的作品受到更多关注，女性诗人的作品则相对较少；汉族诗人的作品更为突出，而少数民族、台湾、港澳及海外华人诗人的作品则较为稀少。

二、吉狄马加诗歌在意大利的翻译与传播

1. 吉狄马加诗歌作品在意大利翻译与传播的特点

如上文所述，意大利的译者们往往倾向于翻译汉族男诗人的诗歌，因此在意大利，少数民族诗人的作品在翻译传播上相对较少。这些作品大多被收录在多诗人合集或期刊中，而较少有机会以个人诗集的形式独立出版。然而，吉狄马加却是个显著的例外。他与其他著名的诗人杨炼等一起，被列为在意大利翻译作品最多的中国当代诗人之一。

吉狄马加的诗歌首次进入意大利是在 1998 年。当时，小型出版社 Flaminia 出版了由译者安娜·布雅蒂（Anna Bujatti）翻译的诗集，收录了关于友谊的古代、现代与当代中国诗歌，其中也包括吉狄马加的一首作品。①

到了 2005 年，小型出版社 Le Impronte degli Uccelli 出版了由康薇玛（Vilma Costantini）翻译的首部吉狄马加诗歌意大利文的个人诗集。该诗集收录了其 38 首广受欢迎的诗歌，并以吉狄马加的《天涯海角》一诗命名，意大利文标题为《Dove finisce la terra》。②

---

① BUJATTI A.Ho un amico che arriva da lontano[M].Pesaro:Flaminia，1998.
② JIDI MAJIA.Dove finisce la terra[M].Costantini V.trans.Roma:Le impronte degli uccelli，2005.

尤为值得一提的是，这是吉狄马加诗集外语版的首次亮相。在通常情况下，英语国家往往率先推出中文作品的翻译版，但吉狄马加的这部诗集却打破常规，其英文版直到 2010 年才正式面世。^①

十年后，译者罗莎·龙巴蒂（Rosa Lombardi）精心挑选了吉狄马加自 1985 年以来的 42 首诗作，翻译成意大利文，并收录在《Identit à : antologia poetica》中。诗集的名字灵感来源于吉狄马加诗作的核心主题——"身份"，深刻反映了诗人的内心世界与创作理念。

由人民出版社负责出版的文学翻译杂志《Caratteri》，在由意大利优秀译者傅花莲（Silvia Pozzi）与李莎（Patrizia Liberati）担任编辑工作的 2017 年刊号上，发表了译者史芳娜（Stefania Stafutti）对吉狄马加几首诗的意大利文译本。这一成果不仅展现了吉狄马加诗歌的艺术魅力，也体现了译者史芳娜的高超翻译技巧。^②

分别于 2018 年和 2019 年，意大利出版了两本从英文版本翻译的吉狄马加个人诗集。其中一本由非汉学专业的译者 Raffaella Marzano 翻译，书名《Dal Leopardo dell Nevi a Majakovskij》意为"从雪豹到马雅可夫斯基"，巧妙地引用了吉狄马加的三首诗，诗集共收录了 151 首诗，深刻总结了吉狄马加诗歌中故乡情怀与国际视野交融的特色。尽管版权页注明这些诗歌是基于丹尼斯·迈尔（Denis Mair）2017 年的英文版本《From the snow leopard to Mayakovskij》翻译的，但详细对比后发现，意大利文版与英文版在诗歌选择上并

①吉狄马加. 吉狄马加的诗 [M]. 梅丹理，译. 成都：四川文艺出版社，2010.
② Translation of selected poems of Jidi Majia, Han Dong, Qiu Huadong[J/OL]. Caratteri.Stafutti S., Sabattini M.trans.Beijing: People's Literature Magazine，2017.Kindle 电子版.

不完全一致，Marzano 可能还参考了梅丹理 2014 年的诗集《Rhapsody in Black: Poems》。[①]

2019 年，小型出版社 Mursia 出版了由非汉学专业译者 Igor Costanzo 翻译的《Il fuoco e il nero》一书。[②]该诗集收录了 34 首诗，均选自徐贞敏（Jami Proctor Xu）2018 年的英文译本《Words from the fire》。[③]书名 "Il fuoco e il nero" 意为 "火与黑"，恰好体现了吉狄马加诗歌中的这两个核心元素。在诺苏宗教仪式中，火具有重要地位，而 "诺" 在彝语中代表黑色，进一步凸显了其文化属性。[④]

在吉狄马加的 187 首被译成意大利文的诗歌中，深入剖析这四部个人诗集后，可以发现，Costanzo 在翻译时更倾向于选择那些与诺苏文化紧密相关的作品，如《自画像》《彝人谈火》《彝人之歌》等，以及表达对母亲深沉之爱的诗篇，如《当死亡正在临来》《妈妈的手》《故土》《母亲们的手》等。这些作品共同体现了吉狄马加作为少数民族诗人的独特身份。而其他译者则更注重选取涉及诺苏文化、中国文化以及国际人物的诗歌，旨在全面展现吉狄马加作为诗人的多元化魅力。

近年来，随着中意关系的蓬勃发展，越来越多的意大利译者

① JIDI M J.From the snow leopard to Mayakovsky[M].Mair D.trans.Createspace Indipendent.Publishing Platform，2017; JIDI M J.Rhapsody in Black: Poems[M].Mair D.trans.Oklahoma:Oklahoma University Press，2014.Kindle 电子版.

② JIDI M J.Words From the Fire: Poems by Jidi Majia[J/OL].Proctor Xu J.trans.Manoa，2018，30（1）.Kindle 电子版.

③ JIDI M J.Il fuoco e il nero[M].Costanzo I.trans.Milano:Murisia，2019.

④ MAIR D. Postfazione[M]//JIDI MJ.Dal leopardo delle nevi a Majakovskji.Marzano R.trans.Salerno:Multimedia，2018 : 310.

积极投身于将吉狄马加的诗歌翻译成意大利文的工作中。这一趋
势不仅彰显了意大利汉学家以及非汉学专业译者在推广新一代中
国诗人作品时的更大开放性，也体现了他们对中国诗歌文化的浓
厚兴趣和尊重。与此同时，近年来小型出版社纷纷追求"创新性"
目标，因此它们更倾向于发表新颖且独特的文学作品，这与大型
出版社的出版策略形成了鲜明的对比。①

　　吉狄马加的诗歌作品在意大利的出版历程堪称丰富。迄今为止，
他的诗歌已被译成意大利文并出版了六部，其中包括四部个人诗集、
一本多诗人合集以及一篇期刊论文。作为首位广受认可的中国少数
民族诗人，吉狄马加的作品通过这四部个人诗集和期刊论文，直接
跃入了意大利读者的视野，这一方式与其他如艾青、杨炼等诗人通
过期刊或合集逐渐渗透的方式形成了鲜明对比。

　　与大多数中国诗人的作品出版情况相似，中国诗人作品的意
大利文译本通常由规模较小或中等的独立出版社负责发行。在吉
狄马加诗歌的翻译过程中，也遵循了这样的模式，通常是由译者
根据自己的兴趣和喜好挑选诗歌，然后推荐给出版社。然而，值
得一提的是，由 Multimedia 出版社出版的吉狄马加诗集案例是一
个特例。这本译诗集是该出版社"La casa della poesia"（诗之家）
项目的一部分。②此外，吉狄马加诗歌不仅赢得了汉学家的兴趣

---

① ESPOSITO. E.Voci dal mondo grande[M]//SPINAZZOLA V.Tirature '02.
I poeti fra noi. Le forme della poesia nell'età della prosa.Milano:Il Saggiatore-
Fondazione Arnoldo e Alberto Mondadori，2002：42.
②该项目不仅是一个拥有图书馆、媒体库和住所的实体组织，更为来自世界
各地的诗人提供住宿，并举办国际诗人推广活动，为诗歌的推广和交流提供
了一个独特的平台．

也赢得了非汉学专业译者们和诗人的兴趣，是他们翻译起诗歌如 Costanzo 与 Marzano 或写其译诗集前言如意大利剧作家 Giuliano Scabia。

2. 翻译吉狄马加诗歌的策略

关于吉狄马加诗歌的翻译，由于篇幅所限，本文将着重探讨其意大利语翻译中的两个关键特点：文化参照与互文性参照。虽然这些特点在小说翻译中更为常见，但在吉狄马加诗歌的翻译中，译者同样需要面对汉族文化、彝族以及其他少数民族文化多元交织的挑战。

特别值得一提的是，在翻译过程中，我们注意到不同译者背景对翻译策略的影响。例如，汉学专家译者 Costantini 和龙巴蒂直接拿中文版进行翻译，他们更倾向于追求对原文的忠实度，力求在译文中保留原诗的文化内涵和互文性参照。而 Marzano 与 Costanzo 作为非汉学专业译者，则是从英文翻译到意大利文，他们的翻译更多地基于英文翻译文本，而非直接面对中文原文。这种差异导致他们在翻译时可能会受到英文翻译文本的限制。需要强调的是，如果英文版译者未能深入理解中文原文中的文化和互文性参照，那么这些微妙的差异在翻译过程中很可能会被忽略或误解。因此，对于吉狄马加诗歌的翻译而言，不仅需要译者具备深厚的汉语和意大利语语言能力，还需要他们对汉族、彝族以及其他少数民族的文化背景有深入的了解和研究。只有这样，才能确保译文能够准确传达原诗的文化内涵和艺术魅力。

（1）文化参照

下面，译者将探讨不同译者如何处理文化参照的问题。首先，以《自画像》中两位彝族传说中的人物名字"支呷阿鲁"与"呷玛阿纽"的翻译为例。①Costantini 选择将这两个名字音译为"Zhixia Alu"与"Xiama Aniu"，但"呷"字为多音字，应从诺苏语正确音译为"ga"而非"xia"，这可能是由于她对此缺乏了解。②相反，龙巴蒂、Marzano 和 Costanzo 采用了字母转写"Zhyge Alu"和"Gamo Anyo"，更加忠实于彝族诺苏语言与文化，突出了其与主导汉族文化的差异。③

再来看《自画像》中的"彝文"与"彝人"的翻译。④Costantini 选择忠实于原文，将"彝"直接拼音翻译成意大利文。⑤这种翻译反映了原诗中"彝"一词所蕴含的"属于彝族的所有支派"的广泛意义。而其他译者，则翻译为"诺苏文"和"诺苏人"，强调诗人所属的具体彝族支派——诺苏。⑥对于熟悉中文并能够阅读原文的读者来说，这些翻译选择之间的差异是显而易见的。Costantini 的翻译遵循了原文的表述，保持了文化参照的普遍性。而其他译

①④吉狄马加. 吉狄马加自选诗 [M]. 昆明：云南人民出版社，2017：3-4.

②JIDI M J.Dove finisce la terra[M].Costantini C.trans.Roma:Le impronte degli uccelli，2005：7.

③JIDI M J.Indentità :antologia poetica[M].Lombardi R.trans.Roma:EIR，2015：33; JIDI M J.Dal leopardo delle nevi a Majakovskji[M].Marzano.R.trans. Salerno:Multimedia，2018：155;JIDI M J.Il fuoco e il nero[M].Costanzo I.trans. Milano:Murisia，2019：8.

⑤JIDI M J.Dove finisce la terra[M].Costantini C.trans.Roma:Le impronte degli uccelli，2005：7，9.

⑥JIDI M J.Indentità :antologia poetica[M].Lombardi R.trans.Roma:EIR，2015：33，35; JIDI M J.Dal leopardo delle nevi a Majakovskji[M].Marzano.R.trans. Salerno:Multimedia,2018：155-156;JIDI M J.Il fuoco e il nero[M].Costanzo I.trans. Milano:Murisia，2019：8，10.

者则选择了更具体、更细致的翻译，旨在突出作者所属少数民族的特定分支，即诺苏族。这种翻译策略不仅体现了译者对原文的深入理解，也反映了他们对不同文化参照处理的敏锐度。

在《自由》一诗中，出现了"那拉提草原"这一地理参照。[①] Costantini、龙巴蒂与 Marzano 选用汉语拼音"Nalati"来翻译，这隐含着少数民族文化归属于中华文化。[②]而 Costanzo 受到英文版本影响，使用了"Narat"，蒙古语"纳喇特"（Nalat）的音译，强调了中国少数民族与汉族的独立性。[③]对译者 Costantini 来说，这种选择与她在其他吉狄马加诗歌中的翻译选择一致，如在《自肖像》中，她使用拼音翻译彝族文化和彝人。龙巴蒂也采用了将"Nalati"归化于中国主导文化的翻译方式。然而，这种翻译选择与她在《自肖像》中所做的翻译选择形成鲜明对比，在《自肖像》里，她选择强调少数民族的多样性，突显诗人不仅仅是彝族的一员，而且是一个具体的分支。

最后，对于《自由》中的"哈萨克骑手"，[④]龙巴蒂与 Costanzo 直译为"cavaliere kazako"，[⑤]而 Marzano 则强调了其来源国，翻译为"cavaliere del Kazakistan"。[⑥]然而，Costantini 的翻译"cavaliere

---

①④吉狄马加.吉狄马加自选诗 [M]. 昆明：云南人民出版社，2017：184.

② JIDI M J.Dove finisce la terra[M].Costantini C.trans.Roma:Le impronte degli uccelli，2005：79; JIDI M J.Indentità :antologia poetica[M].Lombardi R.trans. Roma:EIR，2015：89;JIDI M J.Dal leopardo delle nevi a Majakovskji[M]. Marzano.R.trans.Salerno:Multimedia，2018：248.

③ JIDI M J.Il fuoco e il nero[M].Costanzo I.trans.Milano:Murisia，2019：76.

⑤ JIDI M J.Indentità :antologia poetica[M].Lombardi R.trans.Roma:EIR，2015：89;JIDI M J.Il fuoco e il nero[M].Costanzo I.trans.Milano:Murisia，2019：76.

⑥ JIDI M J.Dal leopardo delle nevi a Majakovskji[M].Marzano.R.trans.Salerno: Multimedia，2018：248.

cosacco"①却出现了误解，将哈萨克族与哥萨克混淆，两者实为截然不同的民族。哈萨克人来自中亚中国，而哥萨克则与俄罗斯相关。②这一混淆显示了译者在处理特定文化参照时的挑战。

（2）互文性参照

正如之前所述，吉狄马加的诗歌是其多元文化背景的产物。在他的诗歌中，除了涉及诺苏文化的引用外，还有对中国传统文化的参照，在他的诗歌中，很容易碰到让人想起古代经典的诗句。对译者来说，这显然是一项挑战，他们需要能够识别并翻译这些引用，以便读者（主要是汉学家，因为一般读者可能不太能辨认）能够理解互文性。

以下可以观察不同译者们如何翻译出自《论语》的一个参考。比如《自画像》节选的："那来自远方的友情"。阅读这首诗的原文时，中国读者与外国汉学家会立刻联想到《论语·学而》中孔子所说的："有朋自远方来，不亦乐乎"。虽然我们不能确定诗人是否有意引用《论语》，但由于这种明显的互文性引用，很可能是有意为之。在译文中，Costantini 和龙巴蒂的翻译对《论语》的引用表现得十分明显。她们将原诗分别翻译为 "sono l'amico che viene da lontano" 和 "Sono l'amicizia venuta da lontano"③。她们的翻译与意大利汉学家 Alberto Castellani（1884—1932 年）曾翻译的

---

① JIDI M J.Dove finisce la terra[M].Costantini C.trans.Roma:Le impronte degli uccelli，2005：79.

② 哈萨克族．汉语词典 [EB/OL].[2023-07-18].https://www.zdic.net/hans/ 哈萨克族；哥萨克人．汉语词典 [EB/OL].[2023-07-19].https://www.zdic.net/hans/ 哥萨克人．

③ JIDI M J.Indentità:antologia poetica[M].Lombardi R.trans.Roma:EIR，2015：7;JIDI M J.Dove finisce la terra[M].Costantini C.trans.Roma:Le impronte degli uccelli，2005：35.

《论语》意大利文版本中的名言警句相似。Castellani 的翻译如下：
"avere amici che vengono di lontane contrade, non è anche ciò
una gioia"。[1]将这一翻译与吉狄马加诗句 Costantini 和龙巴蒂的翻
译进行对比，我们可以发现，虽然这两位翻译者的表述明显不同
于 Castellani 的翻译，但是关键词 "amici"（"朋友"）、"venire"（"来"）
和 "lontano/lontane"（"远"）都得以保留。由此可推断，这两位译
者都察觉到了它与孔子《论语》的联系，并参考了 Castellani 的翻
译，以使用相同的关键术语，在意大利文中唤起汉学家读者对吉
狄马加诗歌与《论语》之间的互文性关系的联想。Costanzo 将句
话翻译为 "sono l'amicizia che parte da lontano"，[2]明显地受到徐
贞敏：英文版的影响 "I am the friendship that comes from afar"。[3]从
上文可见，他的翻译是英文译文直译。然而，Marzano 的翻译 "sono
le parole amichevoli di un ospite venuto da lontano"[4]受梅丹理翻译 "I
am friendly words of a guest from afar"[5]的影响，他的翻译偏离了原
诗的意思，其翻译的意思如下："是来自远方的客人的友善话语"，
可见，原文中的"友情"变成了"客人"。梅丹理这位译者没有意
识到，以上诗句可能引用自孔子的名言警句，因此 Marzano 这个
非汉学专业的译者，必然也忽略了这个引用。

---

① CONFUCIO. I dialoghi di Confucio[M/OL].Castellani A. trans.Liber liber,
2019 : 38.

② JIDI M J.Il fuoco e il nero[M].Costanzo I.trans.Milano:Murisia，2019 : 8.

③ JIDI M J. Words from the fire[J/OL].Proctor X.J.trans. Manoa,2018,30（1）:1.

④ JIDI M J.Dal leopardo delle nevi a Majakovskji[M].Marzano.R.trans.Salerno:
Multimedia，2018 : 155.

⑤ JIDI M J.Rhapsody in black:Poems[M/OL].Mair.D.trans.Oklahoma:Oklahoma
University Press，2014.Kindle 电子版 .

　　另一个例子来自《回答》这首诗标题的翻译，不仅涉及单复数的选择，这种选择在很大程度上突显了标题中存在的互文性参照。此后的多个版本，包括龙巴蒂的版本在内，都沿用了这一标题形式。因此，在翻译吉狄马加的《自画像》时，她不得不注意到这个互文性参照，因此将它翻译成了单数形式。Marzano 根据梅丹理英文译文中的翻译 "Answer"，在其译文中也运用了单数形式；Costanzo 根据徐贞敏英文译文中的翻译 "Reply"，也采用了单数形式；只有 Costantini 将标题翻译成复数形式 "Risposte"，这是对诗歌内容忠实的体现。事实上，诗中确实包含两个回答，因此将"回答"翻译成复数形式是合理的。

　　在某些情况下，翻译者会巧妙地在其译文中插入互文性参考，以吸引意大利读者群体的兴趣。比如，译者 Costantini 在翻译《自由》一诗时，将"智者的回答总是来自典籍"[①]中的"典籍"一词译为"libri sapienziali"，即"关于智慧的文献"。[②]这个选择非常贴切，因为"sapienziale"这个形容词直接关联到"智慧"，准确地传达了智者所依赖的文献类型。然而，值得注意的是，"libri sapienziali"一词在意大利文化中通常指的是基督教《旧约》中具有教育意义的经典。因此，Costantini 的这种翻译选择无意识间在中国哲学思想和基督教之间建立了一种微妙的联系。在中国文化中，智慧确实源自典籍，而在深受基督教影响的意大利文化中，智慧则常与圣经相联系。综上所述，Costantini 在翻译过程中不仅力求忠实于原文，还巧妙地融入了自己

---

①吉狄马加 . 吉狄马加自选诗 [M]. 昆明 : 云南人民出版社，2017 : 184.
②JIDI M J.Dove finisce la terra[M].Costantini C.trans.Roma:Le impronte degli uccelli，2005 : 79.

的个人理解和文化敏感性，使得译文更加丰富和多元。这种翻译策略不仅展示了译者的才华，也增加了译文的文化内涵和吸引力。

另一个例子来自《自画像》译文。译者龙巴蒂将原诗中"其实我是千百年来"①的"其实"翻译为"in verità"，②这样的表达方式可能会让意大利读者联想到福音书中常用的词组"in veritá，in veritá vi dico"。通过巧妙地融入互文性参照，龙巴蒂促进了诺苏与天主教两种宗教传统之间的对话。同时，她通过使用为大众熟知的术语，让意大利读者更好地理解原文的文化内涵。综上所述，她在多个层面上都注重保持原文与译文的对等，并且能够保持译文的自然流畅性。

总之，吉狄马加的诗歌翻译是一项充满挑战和机遇的工作。通过准确识别并恰当地翻译文化引用和互文性参照，译者可以帮助读者更好地理解和欣赏这位诗人的作品。同时，译者也需要在翻译过程中保持敏感和开放的心态，勇于尝试和创新，以丰富译文的文化内涵和艺术表现力。

3. 吉狄马加诗歌在意大利的接受

通过对吉狄马加诗作深入剖析，我们得以窥见他在意大利诗坛独树一帜的地位。汉学家译者中，Costantini 在吉狄马加诗集的序言中特别强调，诗人巧妙地将诺苏彝族的传统与唐代诗歌巨匠，如李白、白居易的精髓相融合，并与世界各地的诗歌进行对话。这种跨文化交融的特质赋予了吉狄马加诗歌独特的魅力。③

---

①吉狄马加 . 吉狄马加自选诗 [M]. 昆明：云南人民出版社，2017：4.

②JIDI M. Identità :antologia poetica[M].Lombardi R.trans.Roma:EIR，2015:35.

③COSTANTINI V.Introduzione [M]//JIDI M J.Dove finisce la terra.Costantini V. trans. Roma: Le impronte degli uccelli，2005：3-4.

龙巴蒂亦着重指出了吉狄马加诗歌的复合性，这种特性既源自中国传统文化的深厚底蕴，也蕴含了诺苏彝族文化的精髓，同时还融入了世界各地人物和诗人的影响。这一特性不仅体现在诗歌的内容上，还通过其多样化的语气得以展现，时而庄重书面，时而亲切口语。①

非汉学背景的译者中，Costanzo 在他翻译的诗集中，通过译者注的形式表达了对吉狄马加诗歌的浓厚兴趣。他讲述了与诗人的友情，以及多次参与"青海湖诗歌节"的经历。他渴望向意大利读者介绍这种独特且与中国少数民族文化紧密相连的诗歌。②

意大利剧作家 Scabia 在龙巴蒂编辑和翻译的吉狄马加精选诗集序言中，分享了与诗人的邂逅经历。1997 年，在哥伦比亚麦德林诗歌节上，Scabia 与吉狄马加等诗人进行了富有意义的交流。这次经历激发了他的创作灵感，他试图用诗歌捕捉那一瞬间的美好，描绘了一个友好融洽的氛围，诗人们共同歌唱、娱乐，并尝试翻译吉狄马加的部分作品。他对吉狄马加诗歌的惊奇之处在于，其诗歌不仅与祖先、诺苏彝族传统以及中国传统文化对话，还与当代和外国诗歌的声音共鸣，展现了跨越时空的共存之美。③

由以上可见，汉学与非汉学背景的译者与知识分子普遍认为，

① LOMBARDI R.Per la terra e per la vita:identià e universalità nella poesia di Jidi Majia [M]//JIDI M J Identità : antologia poetica.Lombardi R.trans.Roma:EIR，2015 : 24-28.

② COSTANZO I. Nota del traduttore[M]//Jidi Majia. Il fuoco e il nero.Costanzo I.trans.Milano:Mursia，2019 : 97.

③ SCABIA G.Dialogo con un poeta lontano[M]//JIDI M J Identità : antologia poetica.Lombardi R.trans.Roma:EIR，2015 : 13-16.

吉狄马加是一位融合了多种声音的诗人，这些声音源自中国传统文化、诺苏彝族传统以及国际大诗人的影响。然而，Costanzo 所塑造的诗人形象则更侧重于他的诺苏族身份，这一点在他所选择翻译的作品中尤为显著，几乎每首诗都与诺苏族传统紧密相连。

尽管吉狄马加的诗歌吸引了一些意大利非汉学知识分子的关注，甚至有人将其作品译为意大利语，但普通读者对他的诗歌反应却相对有限。在最流行的买书平台上评价吉狄马加作品的意大利读者很稀少。文学与诗歌博客上也鲜有关于吉狄马加诗歌的讨论，仅有《La Bottega del Barbieri》文学博客上的读者 Sandro Sardella 发表了简短评论。[1]

总体来说，吉狄马加诗歌在意大利的翻译与传播面临一个明显的矛盾。尽管他是被翻译作品数量最多的中国当代诗人之一，但根据我所收集的数据和分析，吉狄马加的诗歌似乎并未赢得意大利普通读者群体的广泛兴趣。

这一矛盾现象引人深思，一方面说明了吉狄马加的诗歌在学术和文学界受到了一定的重视和认可，其作品的翻译数量众多，体现了对其诗歌价值的肯定；另一方面，这也反映了在普通读者群体中，吉狄马加的诗歌并未产生预期的广泛影响力和吸引力。

造成这种矛盾的原因可能有多方面，包括传播策略的不当、推广力度的不足、读者群体对诗歌类型的偏好差异等。因此，为了更好地推广吉狄马加的诗歌，需要深入分析和研究这些原因，

① SARDELLA S. La sconfinata poesia di Jidi Majia.La bottega del Barbieri[EB/OL].（2018-03-24）[2024-01-12].https://www.labottegadelbarbieri.org/la-sconfinata-poesia-di-jidi-majia/.

并采取相应的措施，如调整传播策略、加大推广力度、拓宽读者群体等，以期望在未来能够吸引更多的意大利普通读者关注和喜爱吉狄马加的诗歌作品。

结　论

归根结底，吉狄马加诗歌在意大利的翻译与传播情况，折射出中国当代诗歌在该国传播所面临的问题与不足。这主要体现在缺乏系统性的翻译传播策略，以及翻译选择上的不平衡。这种不平衡主要受到译者个人喜好的影响，然而，译者的偏好并不总是能与广大读者的兴趣相吻合。

尽管吉狄马加的诗歌获得了一些汉学家和非汉学译者的认可，但并未能像杨炼、海子和许立志等诗人那样，激起广大读者的浓厚兴趣。这是一个值得深入探讨的现象。那些在非汉学读者中受到瞩目的中国诗人，他们不仅以卓越的诗歌才华赢得赞誉，更因其作品所传递的普世价值而引发世界各地读者的共鸣。吉狄马加的诗歌也具备这些特质，他在作品中巧妙地融入了对其他诗人和文化的引用，这样的作品理应能够吸引外国读者。然而，在意大利，他的作品并未能产生预期的吸引力。

笔者认为，吉狄马加作品在意大利的传播方式可能是导致这种差异的关键因素之一。与其他诗人不同，吉狄马加的作品首先以个人诗集的形式出版。对于尚未在意大利广泛译介的诗人来说，选择通过出版社这一相对缓慢的传播渠道来推出译作，可能并非最佳选择。普通读者往往不愿意购买一本他们从未听说过的中国诗人的诗集，特别是当他们还未曾阅读过该诗人的作品时。

相比之下，期刊作为一种更为灵活且广泛的传播媒介，更容易吸引读者的注意力。读者可能会为了阅读他们已经熟悉的诗人的作品而购买期刊，进而在同一期刊上发现并阅读到一些他们原本并不熟悉的中国诗人的诗歌。然而，由于吉狄马加的诗歌很少在期刊上出现，非汉学专业的读者就很难有机会接触到他的作品，除非这些诗歌能在线上博客等平台上获得广泛的推广。

因此，我们可以认为吉狄马加的作品在意大利的传播策略在一定程度上限制了其作品影响力的扩大。为了更好地推广他的诗歌，或许应该考虑采用更为多样化和灵活的传播方式，使他的作品能够被更广泛的非汉学专业读者所了解和欣赏。

当词语的巨石穿过针孔的时候^①

——在吉狄马加诗歌及跨界研讨会上的发言

雷 震

　　很荣幸我能受邀在这里谈吉狄马加老师的创作。马加老师是我真心敬佩的一位诗人。我心目中印象最深刻的，是他诗文中所表现的个人修养：他对历史、文化、人类命运的关怀，体现着一种传统文人的气质和风骨。让人佩服的，也有他为推广中国诗歌在国际舞台上的影响所付出的努力。他积极地促进诗坛的国际性交流和对话，为之做出了显著的贡献。吉狄马加老师那大度、包容、务实的精神，也表现在他诗歌和艺术跨媒介的探索中，且从另一角度彰显其非凡的素质和超越性。

　　大家知道，马加老师是彝族，是诺苏。早在 20 世纪 80 年代的一篇文章中，他已提到自己那宿命般的使命感，且把自己定为彝族文化的继承者，甚或代言人。他对传统和历史的责任心，对自己的民族和文化的关爱，着实让人感动！他的诗文（尤其是早期作品）通过诗歌意蕴、富有画面感的、抒情的语言，在我们眼

---

①吉狄马加. 火焰上的辩词 [M]. 桂林：广西师范大学出版社，2021：400.

前展开彝文化的长卷：他生动入微地描绘彝人的习俗和生活细节、古老价值观与信仰、壮美的自然环境和远古神话。实际上，马加老师也一直在大力推动彝文典籍的翻译工作：他利用自己的身份和影响力，助力弘扬彝文化在国内外的知名度。

下面，我想引马加老师早期文章中的一段话："我写诗，是因为对人类的理解不是一句空洞无物的话。它需要我们去拥抱和爱。对人的命运的关注，哪怕是对一个小小的部落做深刻的理解，它也是会有人类性的。对此我深信不疑。"[1]从这段话我们可以窥见，在马加老师的意识中，文化传统犹如一面镜子：可映照自己，同时也在反射整个人类。

马加老师为文为艺所体现的超越性和广阔视野，或许与其大量的、广泛的阅读和渊博知识不无关系。他的博学洽闻，包括彝文、汉文、国际的、古典和现代的经典，真的令人佩服！他的词汇库和艺文熏陶，不限于彝族文化传统，也从中国传统文脉和世界文学汲取营养。就关注的议题而言，他的目光由自身与彝族价值观的制高点，投向当今人类所面临的、迫在眉睫的问题：诸如人类对大自然造成的危害、濒危物种、气候变迁、暴力与战争；世间的种种不公。他却始终与弱势者站在一边，且为他们说话。有一点，我个人特别有感触，也就是马加老师常提到的，彝族传统价值观中的"万物有灵"——我认为，对于当今社会，那却是十分珍贵的一个观念。因"万物有灵"，所以我们自然地需要尊重他人和其他生命，且有必要爱护大自然的全部。此一古老信仰，在一定程

---

①吉狄马加.火焰上的辩词 [M].桂林：广西师范大学出版社，2021：540.

度上，或许可弥补当代社会由广泛的空虚感及自私行为，所导致的灵魂空洞与生态危机。恰似道家的"天人合一"或佛教的"无我"，"万物有灵"是一个十分简明又淳朴的概念，在当代却非常有针对性，也容易被接纳。

总之，吉狄马加老师是一位面向世界，同时有很强的身份意识，对文化和历史负有责任心的大诗人。他用自己的地位和身份积极促进国际文坛上的对话和交流，也获得了很多国际大奖和赞誉。

马加老师禀赋的超越性和包容性，也充分地表现在他跨媒介的创作和探索中。在此，首先得提音乐，因为音乐是诗歌最古老的表现形式。我们只需顾名思义：诗"歌""辞""曲"；德文里，"诗歌"是"Lyrik"，"Lyrik"的词根是"Lyra"，乃古希腊的竖琴。全人类最早的诗歌是吟唱的，而这个传统也延续至今。比如，20世纪德文诗巨匠布莱希特（Bertolt Brecht）的大量经典诗作，实际上是为台上写的歌词。布莱希特是一位具有左派思想的诗人；他明白，诗歌一旦作为歌词，最容易融入日常生活，是传播思想和文化内涵最为直接的方式：也就能真正地接近民众。

自古，诗歌的另一经典载体则是文字和书法。尤其对于中国诗人，书法应该是再自然不过的载体。大家都知道，中国传统艺术有"三绝"的说法，也就是诗、书、画合为一体。古代许多杰出的诗人同时也是顶尖的书法家。比如苏东坡、黄庭坚、陆游等。就以陆游的《自书诗墨迹》为例，当我们在欣赏他的书法之美的同时，也阅读了他美妙的诗句。在过去的人文景观里这是很普遍的——有成就的案例不胜枚举。

文字乃诗歌在形式上的载体，无论东方或西方，皆是如此。在西方，自远古以来就利用了特殊字形和排列法，以传达诗歌更丰富、多层的内涵。到了现代，更有许多关键人物，探索了诗歌内容和视觉形式的互补关系。首先必须提到法国的马拉美（Mallarmé）与深受其影响的阿波里奈尔（Apollinaire）（阿波里奈尔把立体主义的观念引入到诗歌领域），另有马雅可夫斯基（Mayakovsky）与未来主义及整个达达（Dada）运动。直到当代的具象诗、视觉诗，这种思索和探索从未中断过。

可见，马加老师自出机杼的跨媒介探索，从另一角度展现他包罗万象、多才多艺、创造力超强的品格；也进一步凸显他身上所具备的传统文人的气质。

总之，马加老师以其特殊身世，以及大度、包容的人品和广阔视野，在中国诗坛自成一格。他把当代诗歌、彝人的世界观与中国传统文人的独特文化内涵展现于国内和国际的文、艺舞台。这是他的非凡成就，我们由衷高兴！

神话在长诗《应许之地》中的映射

阿布卡西姆 · 伊斯玛仪普尔 · 穆特拉格

　　长诗《应许之地》是中国著名诗人吉狄马加于 2023 年创作的现代史诗作品。这首诗基于希伯来神话中《应许之地》的神话内核创作而成，该诗也得名于此。但是在这部作品中，诗人没有讲述《应许之地》原本的故事，而是提出了诗歌创作神话的方式。读者将面对的并不是闪米特人那个天堂般美轮美奂的"应许之地"，而是一个神话——史诗的系统，一个构建于未来的人间天堂。尽管它是天马行空的，但绝不会是另一个"乌托邦"：

> 这或许就是一块未来之地，
> 并非另一个乌托邦，而是现代性
> 在传统的笛子与球体之间
> 构筑的玻璃和模制品的世界。

　　所以，这片土地毫无疑问是一片神话之地。诗人精妙地构建出了一个神话，一个 21 世纪的后现代主义神话。我们知道，神话创作（Mythopoesis）是当今世界上诗歌的创作手法

之一。神话创作（Mythopoeia）这种文学艺术手法，本质上是
文艺作品中，基于区分神话应用和神话创作而产生的一种神话
认知方式。这意味着诗人和艺术家们会在一个或是几个古代神
话的基础上，创造出自己的神话。因此，神话创作是后现代文
艺领域中的一个新兴而独立的流派。该流派也称"神话创作派
（Mythopoesis）"，其成果包括众多新式叙事神话、虚构神话、
象征神话等。20 世纪 J.R.R. 托尔金创作的长诗《创造神话》是
第一部神话创作作品。

　　在《应许之地》中，另一个突出的现代神话是反乌托邦
（Dystopian）的。这种新式的反乌托邦主义不是"像卡夫卡的城堡"
一样的，而是受环境危害影响的反乌托邦主义。多年前葡萄牙当
代诗人努诺·朱迪斯（Nuno Júdice）与作者曾有过一次会面，他
在《应许之地》的前言中指出：从人类开始相信有一个"应许之地"
存在的那一瞬间，直到现在，环境危害让我们重新开始寻找这一
神话的可能性。现在我们明白人们一定要竭尽全力保护自然环境，
而不是听天由命。

　　在阅读了这组长诗之后，我们认识到，在我们的本土环境中
时常有无法弥补的灾难发生，诗人恳求天上的星星俯瞰破旧脏乱
的大地，看看纵横交错的高速公路在令人窒息空气下闪烁着油亮
的灰光——

　　　那不是回家的路，过去的小路
　　　已隐没于漂泊者的颅底，再没有

吹竖笛的儿童在山冈上挥手，

他羊群的踪影早已消失于昨天。

这意味着纯净的大自然已经消失，牧羊人最后会做些什么？他应该吹响笛子，让羊群进入美好的梦乡，在山林野树的阴凉下休憩。讲述者想象太阳将"酋长的面具"佩戴在部落首领的头上——部落的救世主或将成为全人类的救世主，那是一顶解放的王冠，将为规避世界性的自然灾害寻找到一条明路。因为只有他能够聆听荒芜的土地与混乱的自然的痛楚，并能够用诗人的呼唤给出一个恰当的回答。

讲述者提出了一个未来的智能城市，在那里花园和山寨的名称不再有人知晓，每天的基本食物也大同小异。但没有了可感知的真切的土地，人们的生活被网络支配，不见山谷、泉水的影子。孩子们见不到也摸不到家畜，对于公鸡母鸡也是一无所知。他们想看到家禽或是野兽都必须去动物园，不然只能摸摸玩偶。母亲也不再为孩子唱摇篮曲，新生儿抬头看见的是人造的星星，在电子朗读器的陪伴下睡去。人们是抽象化的、电子化的，是枯燥的、缺乏精力的。就算面对面相处，人们也不会互相看对方，更不会注视对方的眼睛。爱情变成了美元，太阳不再炽热，而是从金钱的光芒中汲取光热。两性关系变为错综复杂的三角恋。传统的世界正在消亡，"神话中巨人的木勺"也逐渐湮灭。人们再也见不到这样一座带院子的房子：院子里有个铺着瓷砖的小池塘，水里还有小金鱼。公寓和摩天大楼排列整齐，所有的一切都是相似的、重复的，让人感到心烦。金丝雀和夜莺的歌声都是电子的。人们在电脑、平板和手机上"云游"公园，在线上观赏春日繁花盛开的景象。年轻人为了赚钱背井离乡，离开了家人、亲戚和朋友。当他们过节晚上回家时，都操着一口陌生的外地口音。他们几乎遗忘了自己家乡的方言，更不用提当地祖传的传统和仪式了。

现在让我们看看未来世界的神话，后现代的乌托邦将继续摧毁破碎的现代反乌托邦，或至少动摇那些无辜的自然的破坏者们。一个理想的世界是在享受先进技术红利的同时，也能实现先辈留下的遗产的价值。在这篇神话——史诗般的诗歌中，吉狄马加对当代中国的先进技术发起了挑战，这些技术严重威胁到了这片土地上传承数千年的传统根基。讲述者用发现和直觉的方式——这是萨满教徒和梦想家所具有的特质——在梦境中想象未来之地：所有离开这里的人都会回来，那是因为祖灵还在那里。在这座乌托邦里，屋中的火塘再次被点燃，火焰！一千年智慧的集散地，在父子世世代代的传承中被铭记。他们明白自己的死亡代表着一次新生，而非沉重的悲伤；他们只需要围坐在熊熊燃烧的火堆边，一同倾诉心声。此时，黑暗已无意义，甚至在其中亦可看到万物。每天清晨，太阳燧石唤醒了族人。山谷深处，老鹰在宁静的虚空展翅翱翔。蚂蚁发出敏感的声音，不可计算的红色辣椒在秋天的墙头上绘制绚丽夺目的漂亮画作。一位穿着小裤脚和披毡的月琴手在山中奏响动人的乐曲，山间居民都陶醉在他的演奏中。

这样的空间让人想起苏赫拉布·塞佩赫里诗歌中新奇的意象：两位诗人都在挑战新工业社会空间的同时，描绘了理想的传统空间，体现了他们的怀旧情结。就像我们在吉狄马加的诗中读到的：

然而在这数字化的居住区域，

能提供的并不是差异的需求，

抽象的人将完全主导这个世界。

在钢铁和水泥搭建的混合物中

在塞佩赫里的诗中也有类似的内容：

我害怕这个世纪的水泥表面

来，让我不再害怕那些城市

其黑土变成了起重机的牧场

打开我，就像打开一扇门

朝向梨子坠落之处在这个钢铁梯子的时代

让我睡在一根远离金属喧嚣之夜的树枝下

与此同时，《应许之地》中描述的乌托邦也和塞佩赫里诗中的乌托邦类似：

海洋的那边有一座城市

在那里，窗户朝向显现而开

屋顶是鸽子的巢穴，注视着人类的智慧之泉。

城市里每个十岁孩子的手，都是智慧的嫩枝。

塞佩赫里在自己的梦中听到了"神话中鸟羽的声音"，梦想着海洋背面的另一片"应许之地"。从这个角度来看，吉狄马加也向读者展示了一个类似的空间：

> 被雌野鸡的叫声召唤到山梁羽毛闪闪发光的雄鸡！
> 剪羊毛节堆放在敞坝上比雪还白的羊毛！
> 啊，每一个男孩童年养的金色的大公鸡！
> 火把节的选美，对美的传统的评价
> 在光与影的流淌中心灵与外貌得到了统一！

诗人在探寻着自己的乡土根源，他如此哭喊着、吟诵着，以至于能够在这无可避免的后现代生活困境中——不能否认其存在——找到一条道路。他依靠自己脑海中浮现的意识，相信即使有先进的技术，人们也依然能够依靠传统根源和先辈遗产的荣耀。他甚至思考了轮回与重生的古老概念，并探寻父辈精神在子孙身上的重现。只有通过发现和直觉的方法才能体悟这些强烈的情感。为了体悟这些情感，诗人借助了诺苏族传统萨满教对于直觉的信仰，除此之外也别无他法。诗歌的深度只有通过发现和直觉才能得以表现，而伊朗杰出的诗人们也同样将其奉为圭臬。因为在伊朗文学中，只有基于发现和直觉的诗才是永恒的，才能反映出一个人内心的深度。

众所周知，新时代的诗人，尤其是 21 世纪的诗人，不再追求创作长诗。仿佛创作长篇史诗、描写诗、抒情诗的时代已然结束。诗人们更喜欢写短诗，其诗句更简洁，主题更鲜明。这种现象始于 20 世纪下半叶，那一时期威廉·卡洛斯·威廉姆斯、A.A.卡明斯和罗伯特·弗罗斯特等诗人在美国崭露头角，苏赫拉布·塞佩赫里和费利东·莫希里等诗人也在伊朗初露锋芒。如今，像2020年诺贝尔奖得主露易丝·格丽克这样的诗人更喜欢短小精悍而微言大义的诗；在伊朗，像沙姆斯·兰格鲁迪这样的诗人也更喜欢这种简单明了的诗，而不是艾略特的《荒原》那种纷繁复杂的诗。尽管如此，在那一时期的拉丁美洲，像奥克塔维奥·帕斯这样的诗人也写下了长诗《太阳石》，而这也是20世纪的诗歌杰作之一。在这首诗中，他提出了回归自我、回归故土的主题，以及一种了解墨西哥阿兹特克土著的古代神话的方法，笔触优美精妙。《太阳石》中充满了神话主题，从某种意义上来说，这首诗本身已经成为20世纪的现代神话。在这个新的神话中，我们面对着石化而冰冷的太阳。根据阿兹特克人的说法，太阳的那块占星石不再具有热量，时间也被锁在其中。于是乎人类也变成了石头，无法拥有爱之情愫。吉狄马加在《应许之地》中也用东方的、中国的方式提出了这样的主题。他在诗中强调，以摩天大楼和数字化生活为代表的先进科技破坏了真正的人类结构，为了达到那个用物质和金钱衡量一切的理想社会，人们不得不在保留文明的新馈赠的同时，回归到其深厚情感与思想根源。为此，他叙述了自己民族当地的文化——彝族和诺苏的传统文化——文明遗产和精神价值。在吉狄马加眼中，"应许之地"其实就是"应许之天堂"，而"应许之天堂"在人间的体现就是四川的"彝"地。长诗《应许之地》是"彝"地之神话的体现，其中蕴含着万物有灵的思想，也蕴含着敬畏太阳和火的习俗——尤其是敬畏祖传的火环——以及纪念山、雪、牛、羊的习俗。

　　因此，创作诸如《应许之地》这样兼具神话、史诗、抒情主题的长诗——特别是在中国、印度和伊朗等东方社会——仍然大有裨益且影响深远。但我们知道，如今甚至有些诗人仍仅仅满足于词藻的堆砌和形式主义诗歌的写作。当然，形式主义和纯由词藻堆砌的诗歌也并不是什么新现象，反而由来已久。但这类诗歌更讨西方学界和他们在东方社会人云亦云的模仿者们的欢心，他们不看重其内容如何，只看重其形式之美——当然是在更崇高的形式中内容与之协调。更何况创作长诗难上加难，诗人应当具备必要的技巧，且能用纯粹的意象、优美的乐曲以及富有想象力、象征性和神话感的气氛来震撼读者，用精妙的形式和工整结构来吸引读者，并在社会和文化背景中产生深远影响。在我看来，《应许之地》的成功得益于诗人这样的天赋，这首长诗也展现了他的才华，他创造的史诗独辟新界却又经久不衰。

个体的高音与人类和群山的合唱

——吉狄马加诗歌及跨界创作作品研讨会组织机构

指导单位：

青海省文联

青海民族大学

中国当代文学研究会

主办单位：

中国少数民族作家学会

《十月》杂志社

青海民族大学文学院

青海省作家协会

协办单位：

青海互助天佑德青稞酒股份有限公司

广西师范大学出版社·纯粹 Pura